忘れざる日々

野中康行

まえがき

4冊目の本、『深層の記憶』（２０１９年10月1日ツーワンライフ）を出版してから4年と少し経った。そのあと書いたものが１００編をこえたので一冊にまとめようと読み返してみた。相変わらず昔のことは懐かしみ、今のことには理屈っぽく当たり散らしているものばかりだ。

文章を書き始めたのは20代後半、労働組合の「情宣部」役員になってからだった。東京に転勤になって、朝日新聞記者が指導する文章サークル「日時計の会」に誘われ参加した。会は、会員の合評が中心に運営され、作品も４００字と決まっていた。メンバーは、やさしい人ばかりだったが作品への評は厳しかった。私が一番若い会員だったから手加減があったと思うが、「なにを言いたいのかさっぱり分からない」とか、遠回しに「言いたいことはこういうことではないの？」と批評された。

入会当時は、なぜ400字なのか分からなかったが、それを理解できたのは、会が出版した『400の散歩』（昭和61年11月10日刊）の「まえがき」であった。

「俳句を十七文字に、和歌を三十一文字に読み込むのと同じように、散文を四百字に凝縮する努力がことばえらびを慎重にさせ、文章を練り上げ、ひいては思索を深める訓練になる」

会には転勤になるまでの3年間在籍し、文章をつづる基礎はここで学んだ。この間に社内報や業界紙に書かせてもらうようになった。

広島県に転勤になってから、「岩手日報」へ投稿した文章が掲載され、学芸部長から「いい文章です。書き続けてください」と励ましのはがきをいただいた。趣味を少し越えて、その気になったのはそれからである。広島に4年、栃木に4年を過ごし、平成8年に岩手に戻ってきた。そして、多くの「書く仲間」に加えていただいた。

文章をつづるのは孤独な作業である。私はそれに耐えられるような質（たち）でもない。書き続けてこられたのは、なにより担当する新聞や機関紙に原稿の「締め切り日」があるからでもあったが、ときどき会う仲間の書くことへの情熱に触れ、「書いている？」との問いに励まされてきたからである。

文章には、「その人」が表れる。歳を重ね、状況が変われば関心ごとも受け止め方も文章も変わる。最近の文章は、世情を斜めに見ながらそれに抗っているものばかりである。今を憂いているのは、遠くなる過去がますます懐かしくなっていく回顧癖がそうさせているのかもしれない。

ある地域新聞に「小言・たわ言・独り言」というコラムを書いている。私の理屈っぽく怒りっぽい今の文章は、このタイトルが合っている気がする。

この本を読んでくださる読者の方が、これは年寄りの「小言」でこれは「たわ言」、これは「ひとり言」だと思って読んでいただければありがたい。

表紙・扉絵　我妻　薫
題字　野中友恵

忘れざる日々／目次

まえがき　3

Ⅰ　自然と遊ぶ

黄金色　14
風と遊ぶ　―凧―　17
風と遊ぶ　―風車―　19
その樹と語らう　21
福寿草　―進化の不思議―　25
桜花　28
季節を知る花　31
星空　34
垂氷と氷花　37
夏の雲　40

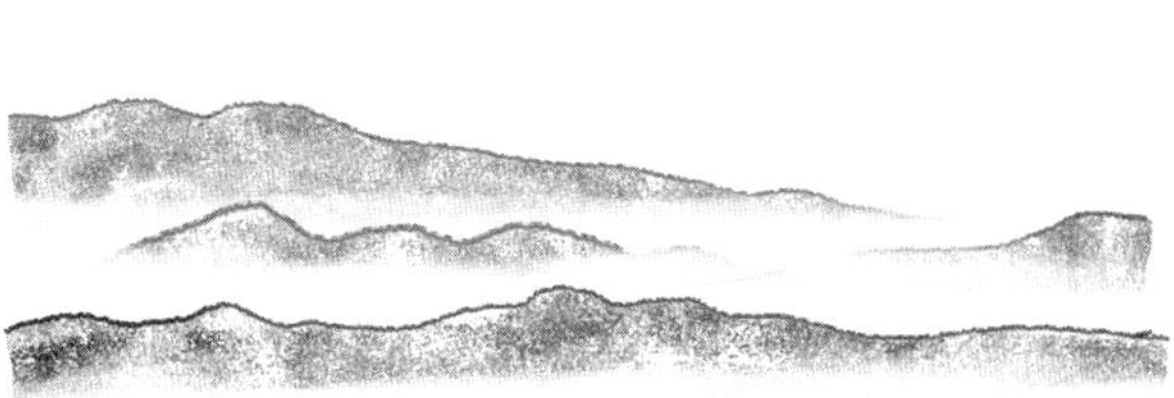

消える国蝶・登るハイマツ　43
耳をすませば　46
竹の秋　49
野菜はタネから　52
沸騰する地球　55

Ⅱ　歌と旋律

春の海　60
シャボン玉　63
夏の雨　66
りんご追分　69
それぞれの秋　73
花の旋律　76
長崎の鐘　80
秋と冬のはざま　84

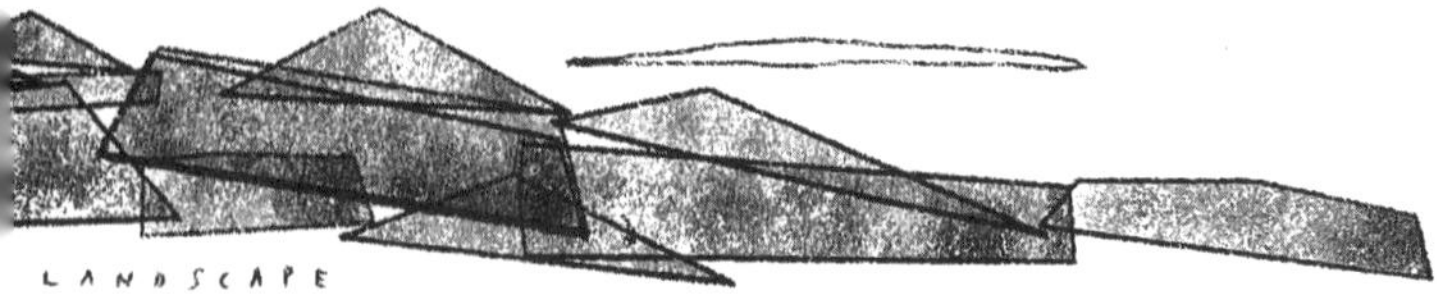

復活の兆し ―浪曲― 87
読めても、詠めず 90

III 争いの怨念

何しに来たの？ 94
戦争と宗教 97
戦争倫理学「正戦論」 100
戦いの怨念 103
戦争の終わらせ方 106
川柳の力 109
五公五民 112
科学と信義 117
大統領の陰謀 122
十戒 125

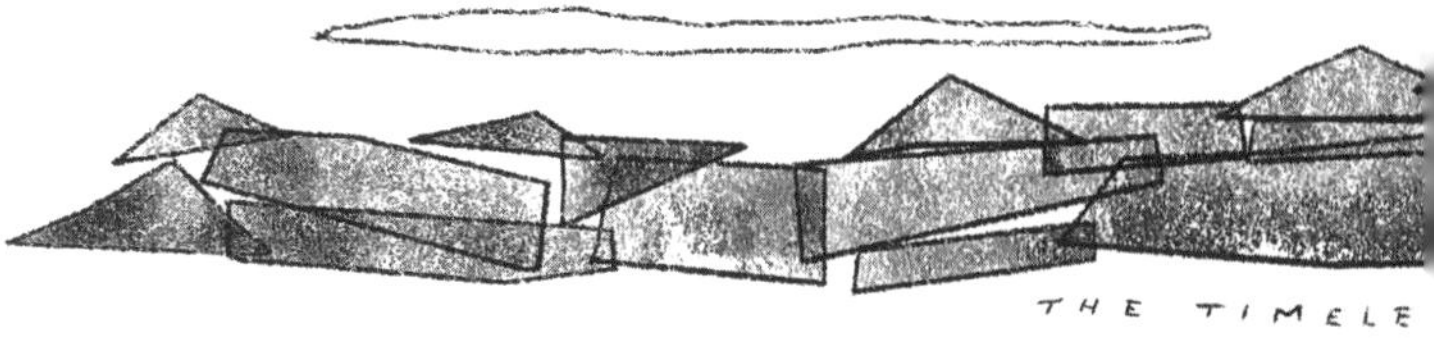

Ⅳ 人間になる

「見えないもの」を見る 130
「生きてしまう」こと 133
あきらめが肝心 137
目は口ほどに 140
旅する動物 143
一寸引き ―倉本聰が『北の国から』で考えたこと― 146
聞くはいっとき 149
「生き方」と「死に方」 152
だれでも考えること 156
「別れ」の方法 160
人間になる 163
回顧の領域 166

V 小言・たわ言・ひとり言

「荒川」の奇跡 170
1月17日の月 174
よい子・悪い子 178
この子・だれの子 182
鬼 ―日本人が創った不思議な生きもの― 185
姓（苗字）とは何だ？ 189
消える姓（苗字） 193
私の沖縄 ―思いやり― 197
私の沖縄 ―730大作戦― 201
私の沖縄 ―46と47の間にあるもの― 204
殿のお国入り ―八戸藩志和通り― 207
銭形平次 212
辞世の句 215
あなただけには…… 218

「書」と「署名」 221
「的」と「感」 224
味覚 227

Ⅵ 悩むな、考えろ

常識を超える 232
「呪い」の時代 235
植物の生き方 238
本との出会い 242
悩むな、考えろ 246
「時」を積む 249
遺影 252
年の始まり 256
解けない「疑問」―「日本航空ジャンボ機１２３便」の悲劇― 259
あとがき 276
初出一覧 278

Ⅰ　自然と遊ぶ

黄金色

郊外を車で走ると、田んぼの稲刈りがだいぶ進んでいる。刈り残ったうるち米が午後の陽光に輝いて、道路端に咲くコスモスが高い青空に映える。間もなく紅葉も始まる。四季のなかで、秋はもっとも色彩豊かな季節である。

季節には、人それぞれの色がある。私の春は、ヤナギやカラマツの萌える色で、夏は木々の深緑と高い空に光る入道雲の色だ。冬は空をおおう雲の灰色と、雪原に出て寒風に揺れる枯れススキの色である。

秋の色といえば、紅葉モミジの「赤」という人も、高い空の「青」

という人もいるだろうが、私は、この稲穂の色とコスモスのピンク色が秋を実感する色である。それは、幼いころに見ていた原風景からくるものだろう。

人間は長い進化の中で高度な色覚を獲得し、万を超える色を見分ける能力を身につけてきた。色覚は感覚的なものだから、この色の違いをことばによって人に伝えることは難しい。それを伝えるためには「そのもの」を示すほかない。だからこそ、色彩芸術が生まれたといってよいだろう。

『色の手帖』(小学館)には500色が載っている。和名のものが300色、外来名ののが200色である。JIS規格(日本産業規格)の「色見本」は269色だから、和名のほうがそれより多い。白・灰・黒系に限ってみても、外来名が24に対して和名が37もある。日本人は水墨画のような色を37にも色分けしているのだ。これらは、日本人がいかに色の識別感覚が優れていたか、いかに色調にこだわってきたかの証左であろう。

この稲穂の色は、この手帳を繰って見てもピタリと当てはまるものが見つからない。似た色に「きつね色」「飴色」「小麦色」「山吹色」などがあるがそれとも微妙に違う。国語辞典も、「金（きん）色」「黄金（こがね）色」「こんじき」は同意語で、色は表面が見る角度によって輝く「くすんだ黄色」とある。

だが、私のイメージするそれは、それぞれ違う。「金（きん）色」は金貨のように小さく輝くもので、「こんじき」は、中尊寺の金色堂や、仏像の背に立つ後光をあらわす光背のような面が広いものだ。

では、「黄金（こがね）色は？」と問われるととまどう。だれが名付けたか知らないが、秋空の下に広がるこの稲穂の色を「こがね色」と呼ぶ。この色は、やはり「きん色」でも「こんじき色」でもない。私がイメージする「こがね色」とは、いくら考えても目の前に広がる稲穂の色としか答えようがない。

私は手に取って見たことがないが、もしかしたら、昔の農民はようやく実った貴重なコメが大判小判の色に見えてそう呼んだのかもしれない。

（2019・10）

凧と遊ぶ　―凧（たこ）―

子どものころは、よく凧を揚げて遊んだ。思い出すのは、なぜか冬の北風の強い日のことばかりである。冬の遊びはそう多くはなかったこともあるが、なにより、広い田んぼを自在に走り回れたからだろう。

凧は手作りだった。骨組みは生の竹を割って作り、胴は習字で書き損じた半紙をご飯粒で貼り合わせ、足は新聞紙を短冊に切って下げた。バランスの悪い重い凧はよく揚がらず、揚がったと思うと回ってすぐに落ち、新聞紙の足はすぐにちぎれ飛んだ。

たまに、うまくできた凧はどんどん揚がって、引く糸から風で震える凧の感触が伝わってきた。風が強いと、そう長くはもたなかった。裁縫箱から失敬した太めの糸でもよく切れた。たよりなく落ちた凧は、雪原を滑って風に流されていく。「固雪」の日は、それをどこまでも追いかけたものである。
そんなことから、凧はもっぱら秋祭りで買い、凧糸はお袋が町に買い物に出たついでに買ってもらった。もう、70年も前のことだ。

あのころの子どもたちは、ガキ大将がいる統率のとれた小集団で遊んでいた。遊び場は近くの林や川で、稲刈りが終われば田んぼでも遊んだ。林の中に秘密基地をつくり、藤の蔓（つる）でターザンのまねごとをした。あぜ道に生えたスカンポをかじり、野いちごや桑の実を食べ、クリやドングリを拾った。水浴びをした川でカジカを突き、堰にザルを沈めてドジョウを追った。冬には野ウサギを追いかけたりもした。田舎の子どもたちが遊ぶものといえば、どこでもこんなものだったろう。

ずっと昔から、子どもたちの遊び相手は「自然」であった。工夫さえすればいろんな遊びができた。けっこう危ない遊びもしたが、子どもたちはその中で学び鍛えられた。自然は、子どもたちを鍛える道場であり学校であり、同時に先生でもあったのだ。だが今の自然は、子どもたちの遊び相手をしてくれる優しい自然ではなくなった。

風と遊ぶ　―風車（かざぐるま）―

今、自然と遊ぶあのころのオモチャを見かけなくなった。特に凧と風車がそうだ。風だけが頼りのこれらは、風がなければ息を吹きかけるか手に持って走らなければならない。それが億劫ですぐに飽きてしまうものだった。

見かけなくなったのはそれもあるだろうが、今の子どもたちには家の中で遊べるもっとおもしろいものがあり、外で遊ぶ暇もなくなったからだろう。

今でも風が子どもたちの遊び相手になっているところがある。

日本三大霊場のひとつ、恐山（青森県下北半島）の「賽の河原」である。そこは、あの世ともこの世とも言えぬ異界のようなところだ。吹きさらしの岩だらけの場所に、積み上げられた石の塔が無数にあり、そこかしこに赤い風車が立ち並ぶ。荒涼とした河原にその配色は異様である。死んだ幼子の霊が、父母に孝行ができなかった代わりに石の塔を造ろうと小石を積むが、すぐに鬼たちがそれを壊してしまう。それを延々と繰り返しているのだと、仏教説話が教えている。

ここを訪れた者は、その子らの手伝いをしようと自分も石を積み、霊を救ってくれるように地蔵菩薩に祈願する。そして、子らの遊び相手にと風車を手向ける。この風習は、霊となってしまった不憫な子を慰め、霊となってもこの世の子らと同じように自然のなかで遊び、育ってほしいという願いから生まれたものである。

風が吹くと、その風車がかすかな音をたてていっせいに回り出す。そのとき、異様だった賽の河原がどこか慰められる光景となる。ここで霊と遊んでくれるのは、もはや風だけである。

恐山を訪れたのがいつだったか忘れてしまったが、その光景だけは覚えている。

（2020・2）

その樹と語らう

日差しが和らぎ、風に冷たさを感じなくなると、なんとなく庭に出たくなるものだ。庭の土手にフクジュソウが咲きフキノトウが開いた。落ち葉を払うとその下にスイセンとギボウシの角（つの）が出ている。

玄関前のハイマツの下からクロッカスが伸びて、黄と紫の花をつける。いつものところに、いつものように芽吹いて花が咲く。それを見るとどこかホッとする。

ある写真家が書いた本（『あの樹に会いに行く』細川剛著、山と渓谷社）のなかに、こんなくだりがあった。

「毎年会いに行く山奥の樹がある。古木でも樹形が素晴らしいものでもない。定点観測のためでもない。なんとなく縁を感じた樹なのだ。会いに行ってもその樹が何かを教えてくれるわけでもない。樹がそこにあり、私がここにいて、そこにいっとき時間が流れる。それが一番確かで大切なことなのだ」

この文章を読んだとき、その意味がよく分からなかった。

だいぶ後になって、妹との会話でこれではないかと気がついた。山好きの妹が暇を見つけては出かける。その頻度においてあきれるぐらいだが、「その山、この前も登ったよね？」と問うと「しばらく会っていないから」と言う。妹は「しばらく行っていない」と言ったのかもしれないが、そのとき、私には「会っていない」と聞こえのだ。

そうか、妹は山に会いに行っているのか。私が庭に出るのも、写真家がその樹に会いに山奥に入るのも、なんとなく彼らに会いたくなったからなのだ。だから、庭の彼らに会ったとき、久しぶりに友人から「元気です」と便りをもらったなつかしいような感覚になるのか。

樹に会って、そこでいっときを過ごす。それが「一番確かで大切なこと」と写真家はいう。

樹も山も何も語らない。だが、写真家が山奥のその樹に会いに行くと、樹は（やあ、しばらくぶり）と語ってくれ、「一年ぶりに会いに来ました」とあいさつをすると、（そうか。よく来た。元気だったか）と返してくれる。帰り際に「来年も来ます」とか、「体調不良で、これが最後かもしれません」と言えば、（元気でがんばれ。私はいつもここにいる）と励ましてもくれる。写真家はそんな会話をしているという。

大自然のふところに飛び込んだとき、素直な自分になっていることに気づき、いかに自分が小さいかを悟る。そして、自分の澱んだ心が浄化されていくのを感じるものだ。自然と向き合うことは、自分と向き合うことだ。樹や山に会いに行くのはそのためなのだ。写真家のいう「一番確かで大切なこと」とは、このことではないのか。

人は、初めての山ならどんな山かと期待して登り、山菜をいただきに旧知の林に入る。紅葉を見に山に入り、自然のなかでスキーを楽しむ。ゴルフだって自然のなかでプレーする爽快さが魅力だ。無性に潮の匂いを感じたくて海辺に車を走らせ、水平線を見たくなると岬に向かう。サクラが咲けばそれを見に出かけ、バラが咲けばバラ園に向かう。自分が育てた花を見に庭にも出る。

動機も出かける先も人さまざまだろうが、それは、「自然」に会いたくなったからだ。できれば、そこでことばを交わしたいと思っている。人はいつでも無意識にそれを求めているような気がする。

山にも登り、ご来光を拝んだ。重いテントをかついでキャンプにも行った。スキーもスケートも楽しんだ。瀬戸内の燧灘（ひうちなだ）で釣りをし、紅葉を見に中国山脈の奥にも分け入った。あちこちのゴルフ場にも出向いていたが、58歳のときに妻が逝ってゴルフをやめた。

もう20年近くも大自然に飛び込むことがなくなった。だから、せめて庭の花と語らいたいと、私は庭に出るのかもしれない。

（2020・3）

福寿草　―進化の不思議―

日陰に解け残っていた雪も消えた2月のなかば、いつも雪解けと同時に咲くフクジュソウを探しに外に出た。

庭に続く土手の斜面に2輪を見つけた。その翌朝、雪が積もった。昼近くに見に行くと、花は雪の中でしっかり開いていた。2、3日後には、危うく踏んでしまいそうになるほどの数になっていた。

7、8年前、田舎の生家から1株持ってきて植えたのが増えたものである。すぐ近くのものは根が伸びて増えたものだろうが、離れたところに咲いているのは、種が飛んで生えたものかもしれない。あれから1ヵ月近くも咲き続けている。

3月のなかば、日差しはまだ弱く風も冷たい。そんな寒い時季に、茎も葉もまだ伸びき

らないうちになぜ咲き急ぐのか。花の立派さに比べて、なんと茎と葉の貧弱なことか。そのアンバランスで無骨な姿にあきれながらも、その花に「しぶとさ」を感じてしまうのは毎年のことである。

林の中で、地面に陽が差すのは木々が葉を落とした晩秋から新緑におおわれる初夏までである。遠い昔、林の中で育ったフクジュソウは、命をつなぐすべての活動をこの間に終えるように進化した。

この時季に芽吹く植物の最大のリスクは寒さである。この植物は葉や花は前年のうちにつくられ、芽の中に折りたたまれて出番を待つ。雪が消えるとすぐに芽を出し、ときには雪も降る寒さのなかでもそそくさと蕾（つぼみ）を開く。ぐずぐずしていると木々の葉で光が届かなくなり丈夫な種子を育てられないからだ。早春の草の芽は動物に食べられる危険もあるが、それは、葉や根に毒性物質を持っていて身を守る。

花が反応するのは太陽と気温である。大事な雄しべと雌しべを寒さから守るために晴れた朝には開き、光が弱くなると閉じる。天気が悪いと一日中開かないこともある。

この花に虫を誘う蜜はない。蜜がないうえ、こんなに寒い時季に受粉を助けてくれる虫は寄ってくるのかと思うが、花の中の暖かさで虫を誘うのだそうだ。この花は晴れた日にはパラボラアンテナのように広げて太陽を追い、光沢のある花びらは光を反射させて中央に集める。そのため、花の中は外気より10度も高くなる。この暖かさを求めて寄ってくるハナアブやハエを、1ヵ月も咲き続けてひたすら待つのだという。運よく受粉した種子は5月の初旬には熟し、6月ごろには葉を枯らして地上から姿を消す。以後、来年の春先まで根で生きて行く。

間違いなく陽があたる短い期間に花を咲かせて種をつくる。その後は最少のエネルギーで地中に生きる。

フクジュソウは、見た目の「けなげさ」とは逆に、命をつなぐために過酷な条件を克服した「したたかさ」と「強さ」を秘めた植物である。条件に適応する柔軟性と大胆な進化に驚かされ、繊細で巧みな機能に感心させられる。

こうなるまで何千年、何万年かかったのかは知らないが、そこに、ダイナミックな進化の不思議を感じる。

（2020・4）

桜花

爛漫と咲くサクラを愛でて楽しむ「お花見」は、日本人が古くから培ってきた精神文化である。

桜前線は例年よりだいぶ早く東北に入り、今日（3月27日）、大船渡市（岩手県）で開花した。盛岡の開花も間もなくである。だが、いつもの年なら多くの人が繰り出す「お花見」の光景を今年は見ることができないだろう。

中国で生まれた新型コロナウイルスがまたたく間に地球規模に広まり、国は感染防止策として、人との接触を最小限にする「外出等の自粛」要請をしたからである。毎年、あたりまえに咲いてくれるサクラが今年は見向きもされないと思うと、それもどこか哀れである。

サクラの名所は全国にある。そのほとんどはソメイヨシノで、人の手で植えられたものである。今か今かと開花を待ち、風が吹けば散ってしまわないかと気をもみ、雨が降ればひどく惜しい気になる。奥ゆかしい色合いと気づかないほどの花の匂いは、なまめかしくもある。そして、吹雪のように散るさまはいさぎよい。

「花は桜木、人は武士」とは歌舞伎「忠臣蔵」のせりふである。そこには、死を連想する日本人の美意識があり、いさぎよく散る桜花に武士の心を重ねた「ほろびの美学」がある。たしかに、この花には人の心を乱す何かがある。

私はもともと、この花を見てうかれるほうではない。枯れ木に花をつけた病的な花に見え、夜目にも白く圧倒するように咲くさまは不気味にさえ感じるからである。壮観で美しいと思うが私には寂しすぎる。だから、この花の下ではいつも酔えない。

ソメイヨシノばかりがサクラではない。日本の山野に自生する野生種は、ヤマザクラ（山桜）、オオヤマザクラ（大山桜）、オオシマザクラ（大島桜）、エドヒガン（江戸彼岸）

など10種ほどあり、それから派生した改良種は３００以上もあるそうだ。ソメイヨシノはエドヒガンとオオシマザクラの改良種である。

樺色の葉に大ぶりの花をつけるオオヤマザクラはたくましい。その改良種「八重桜」は色濃くふくよかで寂しさはない。風になびく「枝垂れ桜」は優美で、緑の葉に白い花をつける「里桜」はさわやかである。これらも改良種だが、私は、個性と素朴さが残るこちらのほうが好きである。

わが家は高台に建ち、見下ろす下は雑木林である。その林の中に、オオヤマザクラが1本立っている。いつも、サクラ、サクラと騒いで忘れたころに、粉を散らしたようにひっそりと咲く。今、青葉のなかでだいぶ赤みをおびてきているが、咲くのはもう少し先である。

惜しいが、この雑木林は宅地造成で夏には消える。

（２０２０・４）

季節を知る花

庭の縁（へり）に茂っていたヤブカンゾウの花が咲き出した。葉群の上にすっと立って、濃い橙色のユリに似た八重の花をつけている。

庭のあちこちに白十字の花が目立ってきた。葉がハートマークのドクダミである。

【写真　福島民報社提供】

ヤブカンゾウの花を見ると、決まってこの花に似たニッコウキスゲを思い出す。

昭和40（1965）年7月。私たち山仲間が、燧ヶ岳（尾瀬国立公園内・2356メートル）登山の途中に尾瀬に入った。当時はまだ道路が整備されておらず、最寄りのバス停から歩いて5時間もかかった。山に登る前、尾瀬ヶ原の木道を歩いて散策した。そのときの湿原は、ミズバショウが終わってニッコウキスゲが一面に群れ咲いていた。観光客は遠くにポツリポツリと見える程度だったが、だれにでも見せたくなる見事な光景だった。

尾瀬は、ＮＨＫのラジオ歌謡で歌われた『夏の思い出』（江間章子作詞・中田喜直作曲）で有名になったが、尾瀬ヶ原は山に囲まれた底地にあって標高が１４００メートルもある。ミズバショウが咲くころはまだ峠の雪が深くて容易に入ることができない。観光客が入れるのは夏で、ニッコウキスゲが咲くころだった。当時は尾瀬といえばニッコウキスゲであったが、林道や自動車道が整備されると、早春にも入れるようになり尾瀬の代名詞がミズバショウに代わった。

観光客が押し寄せるようになると、不心得者によって尾瀬の自然が荒らされだした。それが社会問題になったのは、我々が行ってから数年後のことだった。

ドクダミは、ゲンノショウコ、センブリと並ぶ「日本三大薬草」のひとつで、効能が10もあるから「十薬」とも呼ばれている。花はきれいだが、ところかまわず増えて手に負えないやつだ。踏むと強くなるあの独特の匂いも好きになれない。欧米では園芸種もつくられ、グランドカバーに好まれているそうだから、あちらの人は、あの匂いはあまり気にならないのだろうか。

子どものころ、転んで膝をすりむいたりすると、母親がドクダミの葉を揉んで傷口を拭いてくれたものだ。両親がだいぶ後まで「ドクダミ茶」を飲んでいた。たまに飲まされたが、これも好きになれなかった。

だれにでもその季節になると思い出す花や、季節の到来を知る植物があるだろう。私なら、春を知るのはフクジュソウとフキノトウで、次がスイセンだ。秋なら、お盆のころから目にするススキの穂とコスモスの花になるだろうか。

夏が来れば決まって思い出すのが尾瀬に咲くニッコウキスゲで、夏の到来を知るのがドクダミの花とあの匂いなのである。

（2020・8）

星空

もう50年以上も前になるが、お盆の夜は生家に集まった弟妹とその家族で、花火を楽しんだものだ。

小さな火花がちろちろと散る線香花火。明るく輝くススキ花火。炎が吹き出しはじけて終わる手筒花火。打ち上げ花火は、風切り音で上がった火花が乾いた音をたてて夜の闇に消える。

そのたびに子どもたちは声をあげ、さわがしい。台所の片づけも終わって、大人たちも庭先に集まってきた。

花火もなくなり硝煙が闇に流れてしまっても、大人たちは縁側に腰をかけたまま、だれも家の中に戻ろうとしない。子どもたちは庭にしゃがみこんだり、残り火をつついたりして遊んでいる。

静かになった庭先を、心地よい夜風が通り抜けていく。

暗くなった庭の上には、雲のない濃紺の空が広がっていた。天の川も南北に横たわっている。目が慣れてくると、空いっぱいの星と星の間にさらに小さな星が見えてくる。星はきらめくでもなく、天に張りついたようでもない。目を凝らしてその大小と微妙な色あいを見ていると吸いこまれそうだ。家族みんなが空を見上げ、流れ星を見つけて子どもたちが騒ぐ。私は雄大な天の川の両岸にある彦星（牽牛星）と織り姫（織女星）を探した。

こんなお盆がしばらく続いた。

大昔の人は、大小の星と星座に名前をつけた。それを覚えようとしたことがある。図鑑の星座表で、方向と配置を頭に入れて外に出る。見上げてそのあたりを探すがたくさんの星で見つけられない。家に入って星座表を再確認し、また外に出る。それらしい星を見つけても、それがそうなのかも分からない。しだいに、星座表と星空がまったく別のもののように思えてくる。別の星でやっても同じことだった。４つ５つの星の並びが、なぜ牡羊座になり山羊座になるのか、それも理解できなかった。そんなことを何年か続けたが、そのうちにあきらめた。

あのとき覚えたいくつかの星も大方は忘れた。今は、たまに夜空を見上げることはあっても、もう星を探したりはしない。

7月7日は七夕の日である。今年は、8月25日がその日にあたる。新暦だとまだ梅雨が明けず、雲の多い日が多くて星空はなかなか望めないが、旧暦だとお盆のころで晴れの日が多くなる。

晴れたなら久しぶりに星空を眺めてみようか。果たして彦星と織り姫を探し出せるだろうか。天の川が見えなければ、それを見つけることはまず無理だろう。

（2020・8）

垂氷と氷花

わが家の窓から岩手山がよく見える。景色はよいが、冬になると吹き下ろす風がまともに当る。今季の風は、「岩手颪（おろし）」と呼びたくなるほど冷たく、庭の雪もまだ膝下ぐらいまである。

1月の中旬ごろから、2階の屋根からツララが伸びてきた。少し暖かい日はその先から滴（しずく）が落ちているが、午後3時過ぎには止む。伝って降りてきた滴が途中で凍ってしまうからだろう。それを繰り返しながら先を伸ばし、長いものは2メートルほどにもなっている。裏の林が宅地になって風当たりがよくなったこともあるが、こんなに伸びたのは家を建てた以来で、26年間で初めてではないのか。

このツララを見て思い出したが、昔はこれを「タロシ」と呼び、氷は「シガ」と言って

いた。なつかしいことばである。

戦後間もなく、私が小学校に入ったころのわが家は茅葺きの家だった。冬になれば軒先にずらりとツララが並んだものである。雪も今よりずっと深く、最低気温がマイナス10度という日が続くこともあった。そんな冬でも、わが家の暖房はこたつだけで、吹雪の夜は部屋に光るものが漂った。

田んぼに渦巻きをつくって陣取り遊びをし、北風が雪原の雪を巻き上げる晴れた日には、糸いっぱいに凧を揚げた。スキーは近くの土手で、飽きずに上り下りしたものである。

田んぼに水を入れておけば一晩でスケートリンクができた。田んぼやため池の「シガ」に乗って、ひびが広がっていくスルリを楽しんだ。今の子どもたちには、まず経験できない「薄氷を踏む」遊びであった。

台所の飲み水は凍り、柄杓（ひしゃく）で割って飲んだ。母が漬け物樽から出してくれたハクサイやキャベツには、よく「シガ」が挟まっていたものである。味噌汁の具はいつもダイコンか干し菜で、風呂もトイレも外だった。大雪で吹雪く朝は、父の後を弟妹が連なって登校した。固雪のときは一直線で行けたが、ときには雪を踏み抜いて堰に落ちたりもした。

なつかしい情景が脈絡なく続くのは、今年の冬が昔の冬に似ているからである。辛い思いをいっぱいしたはずなのに、その感覚がほとんど出てこない。どうも、人間の習性は、辛く悲しいことは忘れっぽく積み重ならないようにできているようである。

タロシは「垂氷（たるひ）」の訛ったものとは知っていた。シガは東北のわらべ歌「どじょっこふなっこ」の歌詞に出てくるから方言とばかり思っていた。

シガは、「川の表面にできた氷が流れに乗って流れる現象をいい、学術的には晶氷あるいは氷晶と表す。氷花あるいは氷華と表記することもあるが、それは当て字である」と解説にある。ことばとしてはあるが、漢字がない。ある種のローカル漢字、漢字の方言といっているから、やはり方言なのか。

（2022・3）

夏の雲

季節の到来を何で知り、どんなときに感じるかは、人によってさまざまであろう。

この「知る」と「感じる」の違いは、「理解する」と「直感する」に言い換えると分かりやすいかもしれない。私が夏の到来を知るのは、ヤブカンゾウとドクダミの花によってだが、それを感じるのは雲なのである。

6月の初旬、関東地方が梅雨に入ったとテレビが報じていた。ここ岩手の梅雨入りはまだ先だが、前日まで続いていた曇り空が久しぶりに晴れた。昼過ぎに出かけて見た雲。その雲は今までとはまったく違っていた。奥羽山脈の上空に、幾層にも重なった厚い雲が空

をおおい、さらにその上に白く輝く入道雲が立ち上がっていた。迫力のある積乱雲だった。

子どものころの夏はよく水浴びやカジカとりに川に遊びに行った。ランニングシャツに半ズボン、麦わら帽子にゴム草履。そして、刺すような日差しと、青臭い背丈ほどもある草むら。山並みの上には高く光る入道雲。今日の雲はそんな光景を思い出させた。本格的な夏はまだまだ先だが、(ああ、夏が来た)と「感じた」のである。


私たちは玄関を出ては空を見上げ、車を運転しているときでも空を見ている。空を見ているということは雲を見ていることだ。

幼児に絵を描かせると、きまって空には太陽と丸い雲を描く。風景画や宗教画のほとんどにも雲が描かれている。人間が生まれてすぐ目にするもの、それが太陽であり雲であるからだ。乗ってみたいような綿雲。異様で不気味な雨雲。魂が抜かれるほど高い筋雲に荘厳なうろこ雲。雨上がりに山をかくす霧雲。黒いシルエットの山並みから頭上まで続く夕焼け雲。定規で引いたように伸びる飛行機雲。

私たちは生まれてからずっと、ほぼ毎日、さまざまな雲をながめている。

不安や悩みがあるときもそうだが、考えごとをしているときや疲れたときにも、部屋からぼんやりゆるやかに流れる雲をながめる癖がついた。そのとき、何も考えず素直な気持ちでながめていることに気がつき、いつしか雲は、私の憂さを晴らし、気持ちをなごませてくれるものになっている。

私には愛すべきものなのに、少々気に入らないのが、おおかたの雲は悪役であることだ。危機が迫るときには「暗雲が垂れ込める」とか「風雲急を告げる」といい、「雲行きが怪しい」と表現する。不快なときは「気分が晴れない」となるし、心配だと「顔が曇る」となる。「雲をつかむようだ」とか「雲隠れする」ともいう。雲は太陽を隠してしまうから悪役になってしまうのだろうが、空の主役は間違いなく雲である。

いっときも形の定まらない雲は、めったに記憶に残らないものである。なのに、昨日の雲は覚えていなくても昔の空を思い出させ、季節を感じさせてくれる雲とは不思議な「もの」である。

（2022・7）

消える国蝶・登るハイマツ

日本の国蝶、オオムラサキが減り続けている。このままでは絶滅が懸念されると環境省が発表したのは、２０１９年11月12日のことだった。記事には、「オオムラサキをはじめ、身近な里地や里山にいるチョウの87種のうち、約４割が絶滅危惧種のレベルまで減っている」とあった。

オオムラサキが国蝶に決まったのは、１９５７（昭和32）年、私が中学3年のときだった。植物やチョウが好きな先生が、教室に飛び込んできて「ニュース！ニュース！　オオムラサキが国蝶に決まった」とうれしそうに教えてくれた。

先生は、よく学校に角（つの）のある幼虫をもってきて見せてくれていたし、成虫は近くの林でよく見かけていたから、クラス全員がこのチョウを知っていたはずである。

国蝶と指定するときの条件は、「日本中に分布し、よく目にしてだれでも知っていること。大形で模様が鮮明、飛び方などに特徴があること」だったそうだ。オオムラサキは、その条件にピッタリである。モンシロチョウより少し大きめで、黒とコバルトブルーに白と黄色の斑点がちりばめられた翅（はね）は輝くようで美しく、高い木の周りをグライダーのように飛ぶ姿も優雅である。

だが、私が見たのはそのころだけで、高校からは街に住んで見るチャンスもなくなった。以後、見た記憶がない。今では「よく目にして、だれでも知っているチョウ」ではなくなっている。エノキやクヌギ林が減り続け、生息域が狭まってきているからだが、それでも、岩手県下の森林公園などではまだ見かけるそうだ。

自然環境がこの60年ほどで様変わりしている。子どものころ、田植えが終わるとツバメが飛び交い、うるさいほどカッコーが鳴いた。「ギョギョジギョギョジ」とヨシキリが鳴き、トンビは空高く輪をかいて「ピーヒョロロロロ」と鳴いていた。スズメたちは色づいた田んぼの上を群れ飛び、よく庭先で遊んでいたものだ。だが、餌とすみかを失い、孵化したヒナの4羽のうち3羽は冬を越せずに9割も減った。ホタルもオニヤンマも、イナゴさえもどこかにいった。秋空いっぱいに飛ぶ赤トンボはいつから見ていないだろうか。加えて、国蝶のオオムラサキも消えてしまっては一大事である。

昔、四季はゆるやかに、しかも確実にめぐってきていた。夏の午後には決まって夕立があった。台風は、毎年、「二百十日」のころにやってきた。冬は、今よりずっと雪が多かったがおだやかだった。だが、近年、春と秋が短くなり、梅雨もすぐに猛暑になる。涼しくなったと思ったらとたんにもう冬だ。極端になった気象は、毎年「経験したことのない」を更新し続けている。

自然環境の変化は、人間社会の活動変化とそれに伴う地球温暖化によるものだ。自然の生きものにとって、それが死活問題になっている。環境と生きものの変化は、いずれは人間社会におよび、その対応を迫られるときが必ずくる。人間が、「このまま何もしなければ」の話だが。

（2023・4）

耳をすませば

青葉若葉の間を風が吹き抜けていくさまを「風かおる」と表現する。「かおる」は「香る」ではなく、漂う雰囲気の「薫る」である。その風で木の葉などがかすかに音をたてて揺れ動くことを「風そよぐ」という。葉の緑はだれでも目で感じ、そよぐ風は耳と肌で感じている。人によっては、風に花や土の匂いを感じる人もいるだろう。

自然の雰囲気は五感で感じ取るが、音は耳で聞く。

かつては、四十四田ダム（盛岡市）あたりを散策したものだ。林を吹き抜ける風にヤマブキの花が揺れていた。カッコーが

鳴き、歩く足元に乾いた枯れ葉の音がした。湖面を渡る風に落葉樹はざわめき、針葉樹は唸るような音をたてていた。もう、10年以上も前のことである。

今、聞こえてくるのは、車の走る音に救急車のサイレン、バイクの排気音など人工のかん高い音ばかりで、自然の音が聞こえてこない。そよぐ風の音も、降る雨脚の音も鳥のさえずりも、めったに聞こえてこない。自然の音のするところに出かけて聞こうとしない私の怠惰が、音に対して鈍感にしてしまったようである。

箏曲『春の海』の作曲者、宮城道雄は眼病で、8歳ごろに失明した。彼は随筆集『春の海』（講談社）のなかでいう。

「正月になると、私の家の庭先に一羽の小鳥がやってくる。それは、去年も来た小鳥なのだ。……目明きの人から見ると、いかにも不自由な世界のように思えるかもしれないが、それほど不自由でも寂しくもない」

ソプラノ歌手・塩谷靖子も8歳で全盲になった。彼女は、『寄り道人生で拾ったもの』（小学館）というエッセイ集で、「昔より減ったが、今でも100種ぐらいの鳥の声を聞き分けられる。……情報の80％は目から入るというのは視覚障害者を過小評価している」とご不満のようだ。

音の世界に生きている人の研ぎ澄まされた聴覚にも驚かされるが、音の世界も光の世界と同じくらい広く大きいものなのだ。


せっかく備わっている五感である。どれも意識して使っていないと鈍感になってしまう。特に聴覚がそうだ。自然の音が聞こえなくても不自由しないから、つい聞こうとはしないのだ。「目」に頼り過ぎてはいけない。目をつぶり、耳をすまして自然の音を聞こうとすることは心の浄化にも大切なことである。

アニメにも映画にもなった『耳をすませば』のキャッチコピーが、「耳をすませば心の声が聞こえてくる」だった。耳をすまして自然の音を聞けば、それが他の感覚を刺激し、豊かな感情に満たされるだろう。

そのとき、きっと自分の内なる喜びの声もこえてくるはずである。


（2023・5）

竹の秋

わが家の菩提寺は、紫波町片寄にある願圓寺である。

父が亡くなったのが６年前の６月７日で、今年が七回忌。命日が近くなると墓掃除に行くが、いつも苦労するのが墓の周りに敷き積もった孟宗竹の落ち葉である。今年の５月末に行ったときも一面に積もっていた。

墓所の脇に６００本ほどの竹林（紫波町指定文化財）がある。竹はもともと南方系の植物で、40、50年前までは、ここが孟宗竹の北限であった。今では北海道の松前町でも立派な竹林が育ち、このままでは北海道全域に広がるのも時間の問題だという。

地下茎で増える竹は、新たに植えなければ増えないはずだが、見た目もよいから庭の隅や裏山にと植える人が必ず出てくる。竹の子が手軽に食べられ、商品にもなるから、拡大は「破竹の勢い」となる。

今、西日本を中心に竹林の拡大が問題となっている。手つかずの密集した竹林のなかは薄暗く、寿命で倒れたものが地面を覆い、朽ちてその姿をさらす。私は広島に4年住んでいたが、そんな見苦しい竹林があちこちにあった。台風19号（平成3年9月・別名「りんご台風」）が襲ったとき、中国山脈の山裾一帯が白くなった。瀬戸内の海水を浴びて枯れた竹林であった。それが高速道路沿いに広島・岡山県にわたって続いていた。

日本の竹林は主に孟宗竹と真竹だが、その総面積は15万9千ヘクタールになっているという。といってもピンとこないが、岩手県の田畑の総面積1593平方キロ（2021年）と同じ位なのだ。竹林の周縁は放っておくと、周囲の低木や植生をのみ込みながら年に3〜4メートル生息域を広げていく。面積の広がりは加速度的だ。それによって植物の多様性が損なわれ、獣害のリスクも増していく。

私は竹林を目の敵にしているわけではない。適度に間引きされて陽のあたる竹林はさわやかで美しいものである。竹は、成長が早く折れにくいことから「生命力と成長」の象徴とされ、松や梅と同じようにめでたい植物とされてきた。日本画や水墨画には好んで描かれ、笊（ざる）や籠（かご）など多くの生活用品の材料にもなっていた。その「竹の文化」がすたれつつあることと、竹林の管理を怠ってきたことは無関係ではないと危惧しているだけである。

竹は、竹の子に栄養を与えるため春に葉を落とす。そのさまを「竹の秋」と表して俳句の季語にもなっている。

墓掃除のあいだ、風もないのに竹林のなかにハラハラと葉が散った。通路脇に伸びた竹の子は、もう見上げるまでになっていた。

夕方や　吹くともなしに　竹の秋　　永井荷風

（2023・7）

野菜はタネから

昔の人は、「春は芽のもの、夏は葉のもの、秋は実のもの、冬は根のもの」といって、「旬」の野菜を食べる習慣があった。今は「旬」に関係なく年中出回っているから、どれが旬なのか分からなくなっている。

それでも、スーパーマーケットの果物のコーナーにメロンやスイカが並び始めると夏を感じるものだ。これらは形態、性質、栽培方法から野菜に分類されているが、市場では果実として扱われている。

長年懇意にしている種苗会社の社長は、たくさんの「話のタネ」を持っていた。それを本にまとめることを勧め、出版の手伝いもした。

メロンの原産地は東アフリカで、古代ローマ時代にはすでに栽培されていたらしく、日本はマクワウリ系のもので栽培の歴史は2千年以上にもなるそうだ。1977（昭和52）年に、つくって安心、売って安心、買って安心、と三拍子そろった優秀作品を縮めてブランド名を「アンデスメロン」と名づけた。ヨーロッパ系との交配で今のメロンが誕生したのが、昭和37年、皇太子と美智子妃殿下のご成婚の年である。それにちなんで「プリンスメロン」と命名された。

スイカも原産はアフリカだが、17世紀のころには日本でも栽培していたようだ。品種改良が進んで今のスイカになったのが大正末期。タネがあって食べにくいと日本が「種なしスイカ」をつくったのが、1951（昭和26）年のことである。コスト高で値段が高く日本ではあまり売れていないが、スイカを水の代わりに食べる海外ではこちらが主流なそうだ。

こんなたぐいの話をまとめて本にしたのだが、だいぶ売れたようだ。

教わったことも多い。

2005（平成17）年制定の食育基本法と食の検定制度についてもそうだ。この法律は、「食」に関する知識を習得し、健全な食生活を実現できる人間を育てることを目的にし、検定制度は食材と農業の知識を深める教育の一環である。２０２０（令和２）年、「種苗法」が改正されるときも、どう改正されるのか、問題点は何かを教えてもらった。

氏は、「医食同源」というように、食は医療と同じくらい大切である。「食」を考えることは、家庭であれば「家族のあり方」を考えることであり、ひいては、環境・食糧・人権、飢えることなく生きていける「国の将来」を考えることだという。なのに、この基本法がどれだけ生かされているのか食育教育はどれだけ進んでいるのか、といささか不満のようである。

トマト・ナス・ピーマン・エダマメも夏野菜で、家庭菜園の定番である。ほとんどの人はホームセンターで買った苗で育てていると思うが、子どものいる家庭ならぜひタネから育てて欲しい。命のタネ粒から芽が出て、それを育て、花が咲き、実をつける。それを収穫して、いただく。その経験がなによりの「食育」である。と氏は力を込めて言う。

（２０２３・７）

沸騰する地球

世界各国が自然災害に見舞われた6～8月。世界の平均気温が観測史上もっとも高い月となった。国連のグテーレス事務総長は「地球温暖化の時代は終わり、気候崩壊、地球沸騰化の時代が来た」と警告した。

昔は気温30度を越えることはあまりなかった岩手も、真夏日は42日も続き過去最長、通算50日（いずれも9月1日現在）で史上最多タイとなった。

連日のように、熱中症への警告が出されたが、人が危険になるほどの暑さなら、自然の生きものにとっても同じことであろう。動物

は適地に動けるが、自然の草木はそうはいかないのだ。

樹木が200〜400キロ移動するのに100年以上はかかるという。気候温暖化がこのペースですすめば、樹木の移動が追いつかず冷温帯にある日本のブナ林はその90％が消滅するとの予測もある。秋田県と青森県にまたがる世界自然遺産に登録されたブナの原生林「白神山地」も危ないということだ。

岩手県中央部が北限だった「孟宗竹」は、すでに北海道に渡った。気温の上昇でリンゴに酸味がなくなっているそうだ。40年後の主産地はすべて北海道になると予測され、青森のりんご農家を悩ませている。高山植物はより高い地がなければ行き場を失い消えてしまうが、高山帯のハイマツは、すでに山を登り始めている。野菜のほとんどは、気温35度以上になると生育が止まって生産が難しくなる。その兆候も出始めている。

二酸化炭素による地球温暖化は、人間社会の活動変化によるものだ。

この問題が初めて話し合われた国際会議は、1985年、オーストリアでのフィラハ会議であった。7年後の1992年に「気候変動枠組条約」の締約国（198国・機関）による国際会議（ＣＯＰ）が設置され、１９９５年から毎年開催されている。当初は、温暖化そのものと人間の社会活動との因果関係を否定する国の指導者もいて、対策はなかなか進まなかった。今でも、これは太陽活動や地球の地軸の傾きの変化によるもので、１００年、２００年間の変化で考えるべきではない。対策は無意味だという人もいる。

しかし、38年たった今、温暖化対策は途上国との軋轢があるものの、少しずつだが進んでいる。今年の「ＣＯＰ28」は11月30日～12月12日の日程でアラブ首長国連邦（ＵＡＥ）・ドバイで開催される。さて、どんなことが話し合われ、何が決まるのだろうか。

科学者が予想した以上の早さで進む温暖化は、世界中で大規模なハリケーン、山火事、洪水、熱波などをもたらし、多くの死者がでている。私などは、世界で毎年起こるこれらの被害総額を考えたら、それを温暖化対策に回したほうが結果的には安上がりではないかと思うほどだ。環境と生きものの変化は、いずれは人間社会に深刻な事態をもたらす。それはもう始まっているのかもしれない。

私たちは、11年も前から「地球温暖化対策税」を電気やガス料金に上乗せして支払っている。令和６年度からは「森林環境税」が徴収される。これら税金の使い方とその効果をチェックしなければならないが、深刻な問題なはずなのに環境省からは何のメッセージも聞こえてこない。

それを待ってはいられない。できることをしなければならない。と、思うのだが個人でできることなどたかがしれている。実にじれったい。

（２０２３・９）

Ⅱ

歌と旋律

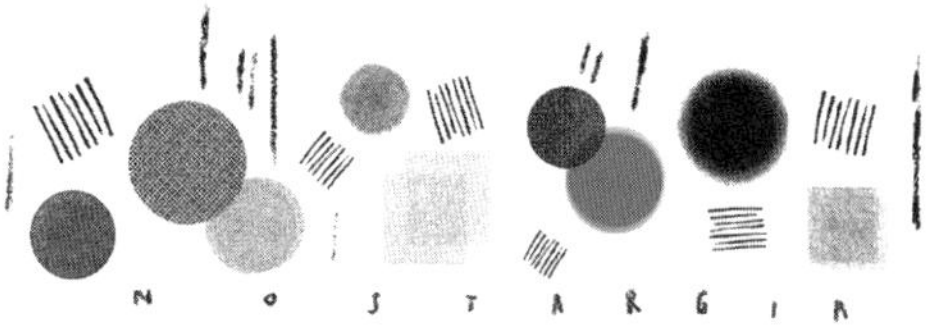

春の海

お正月には必ず箏曲『春の海』が流れる。

この曲を聴くと決まって思い出す光景がある。小学生ころだったろうか。縁側から差し込む朝日が障子を照らし、ツララとその先から落ちる滴（しずく）の影が映っている。ときおり、スズメの声がしてその影が横切る。大晦日に夜更かしをした翌朝、寝床から起き出して居間を通るときに見た光景である。ラジオから箏と尺八の音が流れていた。

この曲は、昭和4年、宮城道雄が35歳のときに作曲したものである。

彼は神戸で生まれ4歳のころ母と離別し、父の郷里である鞆（とも）町（現・広島県福山市）で祖母に育てられた。鞆町は古くから「潮待ちの港」として栄えた町で、瀬戸内のほぼ中央、海に突き出た沼隈半島の先端にある。

私は広島県の福山市で4年過ごし、鞆には何度も行った。暮れる瀬戸内を沼隈半島の頂上から眺めたことがある。海は夕靄（もや）に沈み、尾道水道が夕日に光っていた。日の出前、釣り船で燧灘（ひうちなだ）に向かったこともある。おだやかな海に黒く浮かぶ島々、行き交う小舟、朝焼けの雲、きらめく海面。どれも忘れられない光景である。

彼は、随筆集『春の海』（講談社）の中で、「この曲は、瀬戸内を旅したときの美しい島々の印象を描いた。……曲のなかにのどかな波の音や鳥の声、船の櫓を漕ぐ音というようなものを織り込んだ」といっている。彼は生まれて間もなく眼病にかかり、8歳のころにはすでに失明している。「瀬戸内の美しい島々」とは6、7歳ごろに見た「鞆の浦」の光景なのである。

「私は、雨の音が好きである。とりわけ春の雨は良いもので、軒から落ちる雨だれの音など聞いていると、身も心も引き入れられてしまうような気がする。……自然の音は全く、どれもこれも音楽でないものはない」

彼は自然の音を音楽として聞いていた。幼いころに見た、わずかでかすかな鞆の浦の風景を思い出しながら、心の内でその旋律を聞いていたのだ。そのとき、彼は深い安らぎを覚えたに違いない。その郷愁が動機となってこの曲が生まれた。だから、この曲を聴いてだれでも連想するのが、その人の心やすらぐ風景であり、それが正月風景と重なるのだ。この曲は、正月専用としてつくられたものではないが、のどかで平和な正月にはぴったりの曲である。

私がこの曲を聴いて思い浮かぶのは、なんども見ている瀬戸内の風景ではない。浮かぶのはきまって幼いときの光景である。

彼の曲想が、幼いころに見た風景というのも納得できるのである。

（2020・1）

シャボン玉

もう70年以上も昔になるが、洗面器に石けんを溶いてシャボン玉をつくって遊んだものだ。石けんが悪いのか溶かし方が足りないのか、それとも、麦わらのストローがよくなかったのか。ポタポタ滴ばかりが落ちてよく飛ばなかった。それからずっと後になって、娘が生まれたときには溶液とストローがセットで売っていた。
娘はストローの先から出るシャボン玉に手を叩いて喜び、浮かんで流れるそれを追い、はじけて消えるとケタケタ笑って喜んだ。

♪ しゃぼん玉　とんだ／屋根までとんだ／
屋根までとんで／こわれて消えた

童謡『シャボン玉』（作詩・野口雨情　作曲・中山晋平）は、日本人が好きな童謡のなかで常に上位にくる歌である。１９２２（大正11）年に発表されたこの歌、生まれて間もなく１００年になる。

♪しゃぼん玉　消えた／飛ばずに消えた
　うまれてすぐに／こわれて消えた

詩人・野口雨情の人生は決して幸せだったとはいえない。父の事業失敗とその死で家督を継ぎ、家を守るために資産家の娘と政略結婚をさせられる。生まれて８日目に娘を失い、その後、結婚生活も破綻する。

この歌は、フッと消えてしまったわが子をシャボン玉に託して創ったともいわれる。他の童謡『あの町この町』『雨降りお月さん』『赤い靴』『七つの子』『青い目の人形』などもそうだが、「おれは河原の／枯れすすき……花の咲かない／枯れすすき」と歌う『船頭小唄』にも、雨情自身の不幸だった人生の寂しさや悲しみがにじみ出ている。

♪風　風　吹くな／しゃぼん玉　とばそ

この歌は、子どもたちの遊びの歌である。普通のテンポなら「お願い。風さん吹かないで。みんなでシャボン玉遊びをしているんだから……」と、かわいい子どもたちが思い浮かぶのだが、スローテンポで歌うと、作曲した中山晋平の曲風である賛美歌にも民謡にも似た愁いを帯びた歌になる。

このフレーズも、「安らかに眠っている子を起こさないで。そっとしてあげて」とすがっているようにも、「ずっと一緒だよ」と娘に語りかけているようにも聞こえる。

普通のテンポで歌うか、スローなのか、どちらで口ずさむかはその人によるだろうが、たまに口にする私はいつもスローである。そのとき気がつけば、決まって18年前に逝った妻とその後に亡くなった両親のことを考えている。

歌うから思い出すのか、思い出すから口ずさむのか。そのあたりははっきりしないが、ただ、そのたびに思うのは、亡くなったどの命もたよりなく漂ってフッと消えてしまうシャボン玉のようなものだった、ということである。

（2020・6）

夏の雨

大正3年に発表された文部省唱歌『四季の雨』（作詞作曲者不明）は、春夏秋冬の雨を詠っている。春は「降るとも見えじ／春の雨……」と地面が濡れるか濡れないかほどの雨で、夏は「俄（にわ）かに過ぐる／夏の雨……」と夕立である。秋は「おりおりの雨」、冬は「聞くだに寒き雨」である。

夏といえば梅雨（五月雨）とも思うが、「梅雨が明けて本格的な夏到来」と言うから、夏はやはり「夕立」であろうか。詠うは、「物干し竿に白露を／名残りとしばし走らせて／俄かに過ぐる／夏の雨」と、雨上がりに物干し竿を伝って雨垂れがポタポタと落ちる光景で、だれでも見たことのあるなつかしい光景である。

朝からみるみる気温が上がり、たまらず、家中の戸をあけ放つ。だが、部屋の空気は動かず、しだいに外の熱気が入り込んでくる。暑さに体をもてあまし、外を眺めに縁側に出る。焼けた板の熱さに二の足を踏む。

前の畑にじりじりと陽が照りつけ、ネギやキャベツはじっと暑さに耐えている。シオカラトンボも葉先で動かず、たまに、モンシロチョウがけだるく飛んで、ポタリと落ちるように葉陰に消える。動くものは何もない。青田のずっと向こうの山の上には、もう、いくつもの入道雲が立ち上がり、まぶしいほどに光っている。

日が少し傾きかけたころ、陽が陰りひんやりした空の気が流れてくる。コロコロとカエルが鳴きだし、突然、雷がとどろく。ポツポツと落ちてきた雨は、すぐに大降りになって、たちまち茅葺の軒から簾（すだれ）のように落ちてくる。いっとき降った雨は、最後にパラパラと名残の雨を落として止む。

やがて日差しが戻り、野菜の緑が増してサトイモの葉に水玉が光る。再びチョウがもつれるように飛び、空気はしだいに蒸してくる。

日本は雨の国で日本人は農耕民族である。自然に敏感だった昔の人は、四季、朝夕、大小強弱のあらゆる雨に名前を付けた。その名は４００以上もあるという。

手元の『雨の名前』（小学館）には、青時雨（あおしぐれ）、青葉雨、喜雨（きう）、天気雨……と夏の雨だけで90近くも紹介されている。降り方には「大降り」「小降り」「篠突く雨」などがあり、雨音にも「ポツポツ」「ザーザー」「しとしと」と数多い。「蝉時雨」「涙雨」「遣らずの雨」など、たとえの雨も多い。

雨に打たれて震える木の葉、葉先から落ちる雨しずく、濡れて生き生きとした草花、水たまりに雨粒がつくる波紋。雨上がりの洗われた大気を通して見える山腹にたなびく靄（もや）。昔から何も変わっていない光景だが、なぜかなつかしい遠い昔の風景に思える。

「酸性雨」「黒い雨（放射能雨）」という厄介な雨もあるが、昔は、夏の雨を全身で感じていた。今は雨の日の外出は控え、クーラーで冷やした部屋に籠（こ）もる。快適ではあるが、雨は遠いものになってしまった。

そもそも、今は、昔のような夕立はめったにない。

（2020・7）

りんご追分

19年前に逝った妻の生家は弘前のりんご農家であった。年末になると、いつもどっさり送られてくる。生産農家の方々がなんども触って育てたりんごである。毎日1個は食べるつもりだったが、つい食べない日もある。昔は傷みやすかった気がするが、今のものは日持ちがよい。そのりんごも残り少なくなってきた。

妻が逝って、その生家を訪れることがめっきり減った。かつては年に1度か2度は出かけていた。「ねぷた」を見て岩木山に登り、たまには十三湖や竜飛崎にも足をのばしていた。弘前公園の夜桜見物に誘われ、5月連休によく出かけたものだ。

盛岡から東北自動車道を北上、秋田県の山中をうねるように走って青森県に入る。ここまで1時間と少し。碇ヶ関インターチェンジを通過するころから、岩木山の山頂が山あいに見えかくれしてくる。ほどなく視界が開け、津軽平野の空いっぱいに残雪をのせた岩木山が現れる。運転の緊張がとけてホッとするのはいつもこのあたりだ。

次の大鰐弘前インターを降りて、りんご畑のなかを西に進むと間もなくのところが妻の生家である。このころ、サクラは終わるがりんごの花には少し早い。


♪リンゴの花びらが 風に散ったよな／月夜に月夜に／そっと えええ……

69年前、美空ひばりが15歳のとき歌った『リンゴ追分』（作詩・小沢不二夫　作曲・米山正夫）に語りの部分がある。

「お岩木山のてっぺんを、綿みてえな白い雲が……、桃の花が咲き、桜が咲き、そっから早咲きのリンゴの花ッコが咲くころは、おら達の一番たのしい季節だなやー……」

その台詞（せりふ）のとおり、りんごの花はサクラが終わってからである。

生家の近くから岩木山に向かって走る約20キロのアップルロードがある。いつだったか、りんごの花が咲くころにここを走った。明るい陽光に、白、ピンク、赤色の花が葉の緑に映えるりんご畑が岩木山麓まで続き、丘陵のところどころで高い脚立に乗った受粉作業の人たちが見えた。

りんごは世界中で栽培され、その歴史も古い。旧約聖書「創世記」でエデンの園を追われるイブが食べた禁断の実とはりんごである。グリム童話の「白雪姫」が継母に殺されるのが毒りんごで、スイス建国の英雄ウィリアム・テルは、愛児の頭にのせたりんごを弓で射貫いている。ニュートンは、樹から落ちるりんごを見て万有引力を発見した。

1871（明治4）年に日本に入ってきた西洋りんごが品種改良され、生産量では世界の16番目にまでになり輸出もされている。私たちがふだん目にしているりんごが、今や世界のブランドとなっている。

日本人の果物消費量は一番がバナナで、次いで、りんご、ミカンと続く。りんごは最も多く食べられている国内産の果物で、その約6割を青森県が生産している。

農家は、雪の残る春先の剪定作業から始まり、開花時は受粉作業、そして摘果、下草刈り、薬剤散布、今でこそ無袋栽培が主流だが袋がけと作業が続く。果実に太陽がまんべんなく当るように地面に反射シートを敷き、回りの葉を摘み、玉を回す。はしごを上り下りしての作業は重労働であるが、晩秋までかかる収穫作業はもっと辛い。

「りんご一個に、なんど触るだろうか。一度も触らないものなんてひとつもない」と、その苦労を話していた義兄夫婦も老齢となり、数年前にりんご畑のすべてを手放した。

♪ つがる娘は泣いたとさ／つらい別れを泣いたとさ
　リンゴの花びらが／風に散ったよな……　あああ………

昨年のお盆、法事を兼ねるからと誘われ4年ぶりに出かけた。住宅地に近い畑の樹はほとんど切られ、丘陵も虫に食われたように草地が目立っていた。

りんご農家も米作農家と同じように衰退の岐路、「追分」に差しかかっている。

（2021・3）

それぞれの秋

♪夕空はれて　秋風吹き／月影落ちて　鈴虫鳴く
　思えば遠し　故郷の空／ああ　わが父母　いかにおわす
　《スコットランド民謡　詞・大和田建樹「明治唱歌集」》

唱歌『故郷の空』は、ふるさとの秋を描写し、望郷の思いを詠った歌である。1番には「夕空」「秋風」「月影」「鈴虫」が詠みこまれ、2番は「澄みゆく水」「秋萩」「玉なす露」「ススキ」と続く。

だれの原風景にもあるものばかりで、それが郷愁を呼ぶ。

今、9月15日の午後6時を回ったところだ。盛岡の日没が17時47分だから日が沈んだばかりである。日が落ちてほのかに光る西空が黒い山並みの稜線を際立たせ、見上げる薄暗い空には小さな冴えた半月が浮いている。この月は夜中の11時29分には沈むから、今はほぼ真南の最も高い位置にある。

6日後の21日は「中秋」、その日なら東の空から大きな満月が昇ってくるはずだ。

♪ あれマツムシが　鳴いている／チンチロチンチロ　チンチロリン
あれスズムシも鳴きだして／リンリンリンリン　リインリン
秋の夜長を鳴きとおす／ああおもしろい　虫の声

《文部省唱歌『虫のこえ』》

どこからともなく涼しい風が吹いてきた。肌寒く感じるほどの秋の風である。ちいさな声で虫が鳴き出した。耳をすませば、すぐ目の前の草むらからも向かいの原っぱからも聞こえてくる。鳴いているのはなんの虫だろう。

スズムシはかろうじて分かるが、マツムシとコオロギは聞き分けが難しい。歌詞のようにも聞こえるが、そうでもないような気もする。たぶんあれはコオロギだ。「スイーッチョン」と鳴くウマオイはすぐ分かるが、この何年間は聞いたことがない。昔の虫たちはもっと騒がしく鳴いていたはずだと思うのは、耳が遠くなったせいだろうか。

「風立ちぬ」や「秋風立つ」は「吹く」よりそれらしくてよい。「秋波」ということばもイメージを膨らませてくれることばである。

「秋波」とは、中国語で秋風が澄んだ水面におこす波のことであった。それが、涼しげな雰囲気を表現することばになり、さらに、女性の目元を形容するものになった。と、そこまではよいのだが、それが、男性の気を引く色っぽい目つきに変わり、今では、「秋波を送る」は、性別や個人を問わず相手に媚を売ることをというようになった。「秋風が立つ」にも、恋人や夫婦間の愛情が冷え込むという意味をもたせるようになって、どちらも私のイメージする秋を俗っぽくしている。

　実り・スポーツ・行楽の秋もあれば、芸術・読書・食欲の秋というのもある。さまざまある秋は、いい季節である。


（2021・10）

花の旋律

見わたす田んぼ一面に、紅色のカーペットを敷き詰めたようにレンゲ草の花が咲く。田打ちが始まると、このレンゲ草はそのまま土にすき込まれて肥料になった。

この風景、ある年を境にふっつり消えた。化学肥料が出回った昭和27～28年ごろ、私が小学低学年のころだったろうか。その後、あぜ道や小川の土手に咲いていたが今はほとんど見かけない。

♪　春の小川は　さらさら行くよ／岸のすみれや　れんげの花に……

《作詞・高野辰之　作曲・岡野貞一》

童謡『春の小川』に歌われたのどかな風景は、私の原風景である。

作詞した高野辰之は、長野県水内郡永江村（現・中野市永江）の農家に生まれた。ＪＲ

東日本・飯山線替佐駅（中野市）では、電車到着を知らせるアナウンスとともにこの曲が流れる。

♪ 卯の花の 匂う垣根に／時鳥 早も来鳴きて……

《作詞・佐々木信綱　作曲・小山作之助》

卯の花は生家にあった。ホトトギスは、キョキョキョと鳴き、それを「東京特許許可局」ともたとえられるから分かりやすい。ここに住み始めた20年ほど前は裏が広い雑木林だったから、よく鳴いていた。だが、数年前に宅地になって聞くことがなくなった。

『夏は来ぬ』の作曲者小山作之助は、新潟県上越市の出身である。2015（平成27）年3月14日、北陸新幹線開業に伴い「上越妙高駅」の発車メロディーにこの曲が採用された。

♪ みかんの花が 咲いている／思い出の道 丘の道……

《作詞・加藤省吾　作曲・海沼 実》

広島県福山市に4年住んだ。尾道や因島あたりを車で走ると、この花が咲いていた。お

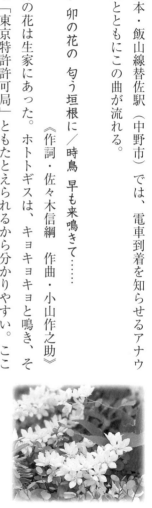

だやかな瀬戸内をゆっくり進む船が見え、光る海と丘に咲く白い花がまぶしかった。絵ハガキのような光景に、つい、童謡『みかんの花咲く丘』を口ずさんだものである。

本場の愛媛には近所の家族といっしょに2度ミカン狩りに行った。子どもたちは、畑を転がり落ちるミカンを追って大騒ぎだった。ミカン畑の上で、広がる燧灘（ひうちなだ）を眺め、心地よい潮風を浴びながら食べた甘酸っぱい味は、35年経っても忘れない。

愛媛はミカンの生産量が和歌山に次ぐ全国2位で、静岡が第3位だ。電車の発着メロディーが和歌山か愛媛でもよさそうだが、このメロディーが流れる駅は、神奈川県小田原市の「JR国府津駅」、静岡県伊東市の「伊東駅」と「宇佐美駅」だ。この童謡が生まれたゆかりの地だからなそうだ。

♪ すみれの花　咲く頃／はじめて　君を知りぬ……

《作詞・Fritz Rotter・白井鐵造　作曲・Franz Doelle》

スミレはしぶとく強い植物だ。どこにでも咲いているから、気をつけて探すとすぐ見つかる。数年前、雑草にまぎれて咲いていた小さな1本をわが家の花壇に植えた。年ごとに株が太くなって、毎年可憐な花をつけている。

「清く正しく美しく」は宝塚歌劇団のモットーである。歌った『すみれの花咲く頃』がヒットしたことから、この花が歌劇団のシンボルになった。その立ち姿が品のある女性のように見えるからだろう。兵庫県宝塚市の「市花」もスミレである。阪急電鉄「宝塚駅」ホームでは、この旋律にのって電車が動き出す。

****

草木の花々は、わらべ歌・童謡・唱歌・流行歌で歌われ、多くの詩歌でも詠われている。今の時季に咲く花も多い。路傍の花を見つけて愛でるにはうってつけの季節である。

（2023・5）

長崎の鐘

作曲家・古関裕而は、軍歌・行進曲・応援歌など多くの曲を書いている、そのなかで、私が好きな曲は『長崎の鐘』である。
70年も前、小学生になって間もなくだったと思うが、藤山一郎ののびやかな歌声がラジオから流れた。歌の意味など分からなくても、もの悲しさのなかにも晴れ晴れとした旋律に心地よさを感じたものだ。今聞いてもその感覚は変わらず、懐かしさが加わっている。
1945（昭和20）年8月9日午前11時2分、長崎市に原爆が投下された。
長崎医科大学のカトリック信者だった永井隆助教授（のちに長崎市名誉市民）は、原爆で妻を失いながら被爆者の治療にあたった。その後、自身も白血病を発症し終戦から6年後、43歳で亡くなった。
病床でつづった手記には、家の焼け跡で妻が身につけていたロザリオを見つけたことや、バケツに拾った骨がとても軽かったことなどが書かれている。この手記を随筆集として発刊しようとするが、GHQ（連合国軍最高司令部）はなかなかこれを許可しなかった。作詞したサトウハチロ―はそんな彼を手紙で励ましていた。自身も広島の原爆で弟を亡くしていたから、ふたりに通じるものがあったのだろう。

浦上天主堂は爆風で崩れ落ち、「アンジェラスの鐘」はガレキに埋もれた。終戦から間もなく、この鐘がほぼ無傷で掘り出され、4ヵ月後には再びその音を響かせた。これらがモチーフとなってこの歌が生まれた。

♪ こよなく晴れた　青空を　悲しと思うせつなさよ……

まるで原爆の惨事がなかったように晴れわたる長崎の空。空が青く澄めば澄むほど、亡くなった人たちの無念な思いがつのる。

♪ なぐさめ　はげまし　長崎の　ああ　長崎の鐘が鳴る

転調して高音にのびるこの音階は、晴れた青空のもとで鳴り響く鐘の音のように聞こえてくる。レコードが発売された１９４９（昭和24）年、ヒットした『長崎の鐘』は日本中に鳴り響いた。

この歌詞に、原爆についてはまったくふれていない。これもＧＨＱの検閲を避けたともいわれているが、そのことが、長崎に限らず敗戦に打ちひしがれたすべての国民の心を癒す「鎮魂の鐘」となった。

私は一度だけ長崎を訪れている。妻と九州旅行で、博多・唐津・伊万里と回り、平戸から佐世保を通って長崎に入った。アルバムをみると、37年前の１９８６（昭和61）年11月24日のことで、よく晴れた日であった。市内の何か所かを見てまわり、平和公園と浦上天主堂に立ち寄ったあと、旧グラバー邸から大浦天主堂に行った。と思うのだが巡ったコース順がはっきりしない。

観光旅行では、目の前の光景に目を奪われ、その地の過去や歴史に思いを馳せる余裕がないものだ。あのとき、浦上天主堂でなにを感じ、なにを思ったのか。この『長崎の鐘』を思い出したのかもまったく覚えていない。

たまにこの歌を聞いて思い出すのは、天主堂の外観と厳かな礼拝堂の２コマ、そして、旧グラバー邸に咲く萩の花の1コマぐらいなものである。

♪ 召されて妻は天国へ　別れて一人旅立ちぬ……

このフレーズで、いつも22年前に逝った妻のことを思い出す。今となっては、あやふやになってしまった旅の記憶だが、鮮明なのはアルバムのなかで青い空と礼拝堂を背にして笑う、まだ30代の妻だけである。

（2023・8）

秋と冬のはざま

「色葉散る」は秋の季語である。このことばに、色づいた葉がハラハラと散るさまを思い浮かべ、晩秋の寂しさやせつなさを感じる。
降ってはすぐにやむ「時雨」は冬の季語だが、「秋時雨」となると散り残った葉がそぼ降る雨に煙る寂しい光景が思い浮かんでくる。さらに季節が進み、「冬時雨」となると趣が違って侘しさがぐっと迫ってくる。今は晩秋から初冬の「はざま」にあり、秋時雨も冬時雨もこの時季にぴったりのことばで、歌の世界でもよく使われている。

♪ 旅の落ち葉が　しぐれに濡れて／流れ果てない　ギター弾き……
《作詞・吉川静夫　作曲・吉田　正》

1953（昭和28）年、三浦晄一が歌った『落葉しぐれ』。

♪ ひとりで生きてくなんて　できないと／泣いてすがれば　ネオンが……

《作詞・吉岡　治　作曲・市川昭介》

1980（昭和55）年、都はるみが歌った『大阪しぐれ』。

♪ 波止場しぐれが　降る夜は／雨の向こうに　故郷が見える……

《作詞・吉岡　治　作曲・岡　千秋》

1985（昭和60）年、石川さゆりが歌った『波止場しぐれ』などである。

どれも人生の悲哀を歌っている。冷たい「しぐれ」のイメージが、やるせないその心情と重なっている。

どうも日本人は季節の「はざま」に敏感で、それを好むようである。

唱歌では、冬から春にかけての、〽春は名のみ風の寒さや……と歌う『早春賦』。春から夏への『夏は来ぬ』。夏から秋への『小さい秋みつけた』。秋から冬への、〽遠い山から吹いてくる小寒い風に……と歌う『野菊』。童謡『たきび』も、このはざまを歌っている。

満開のサクラよりその散りぎわを好むのは「生と死」のはざまで、片桐且元（かたぎりかつもと）が言ったとされる「桐ひと葉落ちて天下の秋を知る」は、「時代」のはざまである。

私も「しぐれ」という語感が好きである。私のイメージは、晩秋から初冬に降る雨ではあるのだが、どちらかといえば「みぞれ」に近い冷たい雨である。このイメージがいつごろ自分のなかに固まったのかはっきりしないが、歳をとるほどに「冬に降る雨」に近づいてきたような気がする。

幼いころなら、冬は冬の遊びがあり、若いころならスキーの楽しみもあった。だが、80歳にもなると、冬の楽しみはなにもなくなった。冬の厳しさと億劫な雪かきにうんざりし、家に籠もってじっと耐える生活が待っていると思うと心が沈む。

好きだった私の「時雨」が「みぞれ」に近くなってきたのは、歳を重ねるたびに来る冬に怯え、過ごす冬が憂鬱になってきているからだ。それを予感させるのが「時雨」なのである。そう思うのは、たぶん、自分が老年と晩年の「はざま」にいるからだろう。

（2023・10）

復活の兆し　―浪曲―

父はよくラジオで「浪花節」を聴いていた。いつだったか、父に連れられて春日井梅鶯の口演を聴きに行ったことがある。いつごろ、どこで聴いたかまったく覚えていないが、たぶん、小学低学年のころではなかったか。

高校に入ってからも間借りの部屋でひとり、ポータブルラジオでよく聴いた。今でも、玉川勝太郎、相模太郎、寿々木米若、東家浦太郎らの名前と「天保水滸伝」「灰神楽三太郎」「佐渡情話」「野狐三次」などの出だし部分を覚えている。

ラジオが唯一の娯楽といってもよい時代を知っている人なら、「旅行けば〜〜駿河の国に茶の香り〜〜。名代なるかな、東海道。名所古蹟の多いとこ……」の節は知っているはずだし、風呂に浸かって唸った人もいるだろう。

「食いねえ、食いねえ。寿司食いねえ」
「江戸っ子だってねえ」
「おお、神田の生まれよ」
「そうだってね。飲みねえ、飲みねえ。もっとこっちに寄んねえ」

古い人ならだれでも知っているこのセリフは、広沢虎造「石松三十石船道中」の冒頭にでてくる。そして落ちが「馬鹿は～死ななきゃ～～治らない」である。

涙あり笑いありの物語を、七五調の節と切れのよい啖呵で演じる浪曲は、「和製オペラ」とか「ひとりミュージカル」といわれている。

浪曲の衰退が始まったのは昭和30年代に入ってからで、テレビが普及し始めたころと一致する。衰退の原因はいろいろあった。テレビの時代になって、これらは「絵」にならないと番組がつくられなかったこともある。講談も浪曲も、口演の途中でコマーシャルを入れることができず、10分足らずで「ちょうど時間となりました……」とはいかない事情もあった。しょせん、ヤクザの義理と人情の話など時代に合わなかったという人もいる。が、私はそうは思わない。日本人はそんな話が大好きである。

浪曲師が歌手に転身してくるのもこのころだ。三波春夫と二葉百合子が昭和32年、翌年に村田英雄が歌手デビュー、「歌謡浪曲」という新たなジャンルを築いていく。噺家はタレント性があって、バラエティ方面で活躍するようになった。

♪三日遅れの／便りを乗せて／船は出て行く／波浮港……

《作詞・星野哲郎　作曲・市川昭介》

1964（昭和39）年、都はるみの『アンコ椿は恋の花』を聞いたとき、「うなり」「しゃくり」「巻き舌」が浪曲の節回しと重なっていた。

今でも、歌謡曲のなかに浪曲のような節回しを聞くことがある。そのたびに、浪曲は今も生きていると思うのである。

浪曲は、落語と講談と並ぶ日本三大話芸のひとつで、全盛期には全国に3000人の浪曲師がいたそうだ。今は少し増えて60人、三味を弾く曲師は20人になっているという。浪曲界に復活の兆しがあるというから、うれしい。

（2022・8）

読めても、詠めず

俳句の奥深さは、その一句に詠み手の感性が表れることにあり、読み手の楽しみは、それを鑑賞することにある。

江戸の三大俳人は、小林一茶と松尾芭蕉、そして与謝蕪村である。一茶は、巧みに擬声・擬態語を使って親しみやすい句をつくり、芭蕉は身近な題材に侘しさがにじむ句を詠む。蕪村には抒情あふれる絵のような句が多い。

私は、芭蕉と蕪村のどちらも好きだが、どちらかといえば蕪村のほうである。あえてその理由を言うなら、水墨画のような芭蕉の句より日本画のような蕪村が好きで、「動」のある芭蕉の句より、蕪村の「静」に魅力を感じるからである。

荒海や佐渡に横たう天の川
五月雨を集めて早し最上川

有名な芭蕉の句だから解釈は不要だろう。どちらにも、荒海と最上川の「動」が見える。

山は暮れて　野は黄昏の　薄（ススキ）哉

名月や　夜は人住まぬ　峰の茶屋

これは蕪村の句である。遠い山はすでに暮れて暗いが、ススキ野はまだ黄昏時。空間（山と野）と時間（暮と黄昏）の遠近法で奥行きのある風景が見えてくる。昼だけ開ける峠の茶屋。満月の明かりが峠と無人の茶屋を照らしている。

どちらも、静かな風景があるだけで、そこに「動」はない。「菜の花や月は東に日は西に」の句も同じで、「ただそれだけ？」とも思える句だが、なんともいえない風情と情緒がある。この作風は、蕪村が絵師であったことも影響しているだろう。

俳句は五七五の17文字だから、だれでも詠め、だれもがいくつかの句をつくっているはずだ。だが、私は小学生のころつくったきりである。授業で発表させられた唯一の一句を今でも覚えている。句（？）は、「バスが来た腹へったからお昼だな」だった。みんなが笑った。先生に「これは俳句ではありません」と言われたが、恥ずかしさもショックもなかった。なぜ俳句でないのかが分からなかったからだ。先生は授業の材料にしようととりあえずつくらせ、あとで季語というものを教えようとしたのかもしれないが、それは覚えていない。以後、作句した記憶がない。私の逆恨みのようなものかもしれない。

句はつくらないが鑑賞は続けてきた。それはもっぱら歳時記で、ものを書くようになってからはいつも2、3冊を手元に置いている。今、毎日読んで重宝しているのは365日、その日の伝統行事と時季の季語、20ばかりの名句が載る『日々の歳時記』（PHP文庫）である。1日分が2、3ページで、1100ページもあるが1年かければ読み終える。もう3巡目に入っているが、それでも句をつくる気にはならない。

8月8日から、季節は「初秋」にはいる。二十四節気は「立秋」、七十二候の初は「涼風至る」である。この日のページにも蕪村の句が載っている。

朝がほや　一輪深き　淵の色

（2023・8）

Ⅲ　争いの怨念

何しに来たの？

ロシアのウクライナ侵攻（2月24日）が始まって何日後かであった。戦況を伝えるニュース番組のなかで、街に入ってきたロシア兵に話しかける婦人の姿が映し出されていた。マイクが拾った会話が、画面下にテロップで流れる。

婦人は、ロシア兵に「あなたはだれ。何しに来たの」と問い詰めている。兵士は「話をしても無意味だ。事態をこれ以上悪くしたくない」と繰り返す。婦人は「この（ヒマワリの）種をポケットに入れて持っていってよ」と渡そうとする。

ウクライナの国旗は青と黄の2色である。青色は空、黄は麦畑を表していると覚えていたが、「国花」がヒマワリというから、黄色はヒマワリの花でもあるのだろう。ヒマワリ

から、すぐにイタリア映画『ひまわり』を思い出していた。

映画は1970（昭和45）年の制作、私が27歳のときである。その映画を観たのはいつごろだったかはっきりしないが、一面に咲くヒマワリと青い空、ヘンリー・マンシーニのもの悲しい音楽が印象的だった。最初に観たのはモノクロだった気がするが、2度目はカラーで、それだけが記憶にある。

第二次世界大戦下、結婚して間もない夫（マルチェロ・マストロヤンニ）がロシア戦線に送られ行方不明になる。終戦で戻ってきた戦友たちは亡くなったというが、妻（ソフィア・ローレン）は信じない。生きていると信じてソ連に向かい、夫の足跡を追う。

やっと探しあてた夫は、記憶を失ったままロシア女性と結婚し、子どもにも恵まれ幸せな生活をおくっていた。再会した夫は記憶を取り戻しやり直そうと言うが、彼女は自分の幸せをとるか、夫と妻となった彼女の幸せを奪ってよいものかと悩み苦しむ。そして、別れを決意する。戦争は、人の運命をこうも狂わせ、人をこうも苦しめるのかと、

思ったものである。

　この映画のなかで、土地の人がヒマワリ畑を指して、「この土の中にはたくさんの遺体が埋まっている」と話す場面がある。このシーンはウクライナで撮影され、ラストシーンにも出てくる。ヒマワリの種は食用油の原料で、ウクライナが世界最大の生産国である。地平線まで続く畑に咲くヒマワリ。その上に広がる青い空。平和はたくさんの死によって築かれていると暗示していた。

「何しに来たの」とロシア兵に問う婦人は、最後にこう言う。

「死ねば、そこからヒマワリが生えてくるから」

　何のためにここに来たのかと問うことばも鋭いが、ヒマワリの種を渡そうとする婦人の姿に、戦争を憎み平和を望む激しい感情とウクライナ国民の誇りと決意のようなものを感じた。

（2022・4）

戦争と宗教

わが家の墓所は願圓寺（紫波郡紫波町片寄）にあり、寺の宗旨は浄土真宗、宗祖は親鸞聖人、宗派は真宗大谷派である。21年前に妻が、18年前は母が、父は6年前に亡くなった。喪主として寺に行く機会も、法要で勤行集を見ながら読教することも増えた。そのたびに、本堂隅にある書架の本を手に取り、新聞やパンフレットを読んでいたが、その詳しい宗旨については未だに分からない。

今年は父の七回忌で、法要は5月の予定である。その段取りを考えなくてはと思っていた矢先、ロシアがウクライナに侵攻、侵略を開始した。その理由たるや「支離滅裂」で私にはとても理解できないものである。

プーチン大統領は何を考え、その思考はどこからくるのか。かつて、彼が十字を切っている映像を見たことを思い出し、彼のバックボーンである「ロシア正教」は戦争をどう教えているのか、仏教の考えはどうなのかを知りたくなった。どの宗教でも心の中の信仰はとてもデリケートな世界であるが、人の思考や行動に大きく影響していることは間違いないことだからだ。

仏教では死んでも魂は生き続けるが、浄土に行くためには生前の善行と修行が必要だとしている。仏教で最も重い罪は、「十悪」で、その中で最初にあげられているのが「殺生」である。逆の「十善」の最初は命を助け育むとなっている。そして、命を守ることが最大の「善」で、「浄土」の道は命を尊び守ることだと教えている。

親鸞は「兵戈無用」「無慚愧は畜生とす」と教える。仏の教えを一人一人が心に留める限り兵力や武器は必要がない。自分の過ちや見苦しさを反省し心に深く恥じない者は、人ではないと言い切り、やむなく人を殺したという言い訳には「善人顔（づら）をするな」と叱る。人の命を奪う戦争は、自我と自我の衝突で起こり、その原因は「無明」（根本的な無知）であると、より明確にそれを否定している。

一方、キリスト教は、人は死して終わるが信仰によって復活すると仏教との死生感が少し違うが、こと戦争になるとその宗派によって乖離が大きくなる。「聖戦」や正義のための「正戦」を認めているキリスト教宗派は多く、「汝、殺すなかれ」を厳密に解釈しているのはシェーカー、クェーカー教徒、「アーミッシュ」と呼ばれるプロテスタント一派など数少ない宗派だけである。

事実をねじ曲げ、ウクライナを「悪」に仕立てて侵略するプーチン大統領は、それを「やむを得ない戦争」だと言い張る。その考えは、「広島・長崎への原爆投下は正しかった」とする「正戦」の論理と軌を一にするものではないのか。

法要の日程打ち合わせで住職と会ったとき、そのあたりをもう少し詳しく聞き、話し合ってみようと思っている。さて、住職はどう応えてくれるだろうか。

（2022・4）

戦争倫理学「正戦論」

私たちは、「戦争はダメ」「戦争に勝者も敗者もない」と習い、それに何の疑問も持たずにいた。だが、ロシアがウクライナに侵攻する戦争が起き、私たちは否応なしに戦争というものを考えざるを得なくなった。

戦争を学問とする「戦争倫理学」という分野があるそうだ。

そのなかに「正戦論」というものがあり、正当な理由・正しい意図・それが最終手段など、6項目のすべてを満たさないと、それは「正戦」ではないとしている。

奥山真司（地政学者・戦争倫理学者）は、ロシアとウクライナの戦争でこう述べている。「戦争は起きてしまった。抑止論も役に立たなかった。外交交渉も停戦協議も有効ではなかった。大国が小国を侵略した場合、小国が取り得る手段は防衛しかない。戦争には唯一、正しい戦争がある。それは、自己防衛目的だけの戦争である」

自衛の戦争もダメというならば、「戦争は人を殺すが同時に人を救うこともあると答えるしかない」と、マイケル・ウォルナー（プリンストン大学名誉教授・政治学）のことばを紹介する。続けて、「この戦争をやめさせるには、今は国際世論と割に合わないと思わせる経済制裁しかないが、戦争が終わった後、このような国際法無視の戦争を国際社会が許さないという確かな世論をつくり、それを守らせる国際機関（国連）の機能強化が必要である」とも述べている。しごく真っ当な論である。

眞嶋俊造（東工大教授・戦争倫理学）は、ロシアの侵攻は「正戦」ではないことは明らかだが、私たちは「戦争はダメ」というだけの「思考停止」から抜け出す必要がある。それは、目の前にある戦争に対する我々の「覚悟」のようなものだといっている。

確かに、「日本がウクライナのように攻められたら、どうする」の問いに、どう答えたらよいか躊躇する。もちろん「戦争はダメだ」では論はかみ合わない。「それを防ぐには軍事費を増やし、軍備を増強しなくてはならない」の意見に、「抑止論は破綻している」だけでも相手は納得しない。「そうならないための努力が必要だ」には同意してくれるが、

「それでも、万が一攻めてきたらどうする」と問うてくる。論議はどうどう巡りになる。

そのとき私は、「今のあらゆる国の組織と機関（自衛隊・警察など）を使って自衛するしかない」と答えている。ここまで話さないと論議が中途半端で終わり、どちらにもフラストレーションが溜まってしまうからだ。

だが、「自衛のための戦争」とか、その「覚悟」だとかを話すには、少なからず勇気がいる。考え込んでしまう相手を見ると、できれば口にしたくなかったと、そのたびに悔いが残る。

（2022・10）

戦いの怨念

広島県福山市に4年住んでいた。その間に、「源平合戦」の史跡を見て回った。

福山から海に突き出た沼隈半島の先端近くに、万葉集にも詠われ、「潮待ちの港」として栄えた景勝地「鞆の浦」がある。岬付近には能登原があり、狭い海峡を挟んで向かいに田島という島がある。ここでも源氏と平家が戦った。「能登原の戦い」である。地名も戦いの名も、平家の武将・能登守教経（のとのかみ のりつね）に由来するが、戦史の傍流で知る人は少ない。

1184（寿永3／元暦・元）年、「一ノ谷の合戦」で、源義経の奇襲「鵯（ヒヨドリ）越えの谷落とし」に敗れた平家は、翌年の旧暦2月19日、「屋島の合戦」でも敗れる。こ

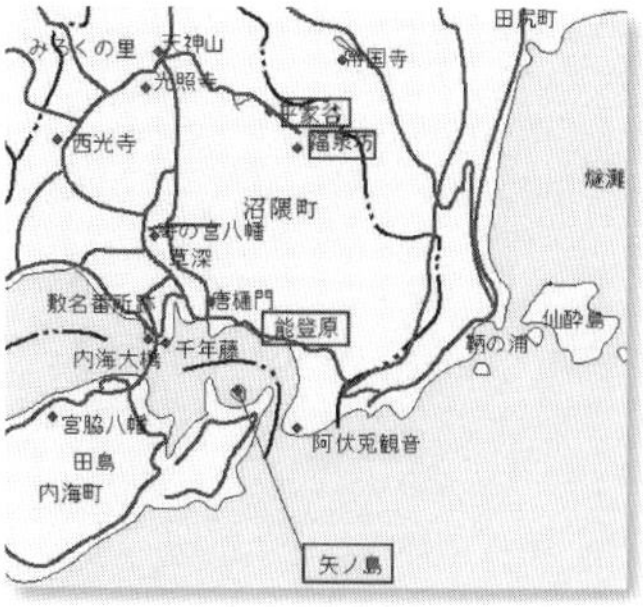

の戦いは、「この日輪の扇を射てみよ」と平家の挑発にのって源氏・那須与一がそれを射落とし、軍の士気を高めた逸話で有名だ。

その屋島から逃れた平家の一団は、追っ手を迎え撃つためここ能登原に陣を張った。追ってきた那須与一率いる源氏軍は、近くの鞆と田島に陣を構え、軍船を連ねて海峡を封鎖した。退路を絶たれた平家軍は挟み撃ちにされ、海峡が血で赤く染まったというほど熾烈な戦いの末、ここでも平家軍は敗れる。この戦いの一ヵ月後、平家は「壇ノ浦」で滅びる。

能登原で敗れた平家の残党が沼隈半島の山奥に逃れた。

近くに、討伐の手から8日間逃げ隠れた「八日谷」、馬から鐙（あぶみ）を落としたという「鐙ヶ峠」の名が残る。鐙とは、鞍の両側に下げて騎乗時に足を乗せる馬具のことである。

落ち武者たちは谷底の狭い地にたどり着き、そこに隠れ住む。馬の鞍を横にしなければ通れないところだったことから「横倉」という地名になった。今は通称「平家谷」と呼ぶ。

私はここを2度訪れている。1度目は仕事ですぐ帰ったが、そのあとは観光だった。

車1台が通れるくらいのうねった急な坂を下りて谷底に着くと、そこに小さな神社があった。近づいて一瞬異様な感じがした。神社の周りに張ったしめ縄の紙垂（しで）が赤色なのである。紙垂とは、玉串や御幣などにつけて垂らす紙のことだが、白い和紙でつくるものと思っていたから驚いた。

この地に住みついた人たちは、源氏の旗印「白」を忌み嫌い、平家の「赤」にしたのだという。滅ぼされた一族の悔しさと怨念の「形」が、８００年以上経った今も残っていた。同じ民族間の争いは悲劇である。戦いが終わってもその憎しみは、それゆえに１００年や２００年では消えないものなのだ。

ロシアとウクライナ、どちらの国にも同じ民族が住んでいる。今起きている戦争がどんな形で終わったとしても、両国間のしこりは長い間消えることはないだろう。

「おごれるものは、久しからず」

平家の栄華と没落を記した軍記「平家物語」にはそう書いてある。この戦争も「大国のおごり」から始まった戦争ではなかったろうか。

（２０２３・７）

戦争の終わらせ方

ロシアがウクライナ侵略を開始してから2年目に入った。

当初、停戦協議が数回行われたが、ロシア軍が撤退したブチャでの市民に対する大量虐殺が発覚してからその機運が消えた。バイデン大統領が「民主主義を守る戦い」と位置づけ、プーチン大統領が「ＮＡＴＯとの戦い」だと応じてから先が見えなくなった。このままでは、長引くだろうと大方が予想している。

戦争を始めるのは簡単だが、終わらせるのが難しい。

停戦か終戦かは、当事者であるロシアとウクライナの意志によるが、それまでの「戦果」によって停戦条件が大きく変わり、終わった後には、国境や領土、損害の賠償問題、戦争犯罪の処罰などの「戦後処理」があるからますます難しい。それに、「大義」を掲げて戦争を始めた指導者は、世界と国民から責任を問われ、政治生命にもかかわるから余計終わりにできないのである。

戦争の終わらせ方にも、大きく2つあるようだ。犠牲者と国土の破壊をこれ以上増やさないために先ずは停戦、交渉はその後とする「平和派」と、侵攻に大義はなく先ずは無条件に撤退すべきとする「正義派」である。ナチスドイツの崩壊と日本の無条件降伏は「正義派」による終わらせ方で、朝鮮戦争は「平和派」によると考えてよいだろう。ただ、朝鮮戦争は38度線を境に停戦しているだけで戦争はまだ終わっていない。


私は、「戦争とは政治の延長で、相手国に政治的意志を押しつける最終的な暴力手段」と習った。ロシアのウクライナ侵略はまさにその通りで、それほど複雑な戦争ではない。

侵略から1年にもなるが、今の戦況ではロシアのもくろみは崩れているようにみえる。20世紀の戦争から、だいたいは先に手を出したほうが負けているという教訓を、プーチン大統領は学んでいないようである。

ただ、私が憂慮しているのは、アメリカのバイデン大統領がこの戦争を、「民主主義（と専制主義）の戦い」と位置づけたことだ。この戦争を、「国の体制」にステージアップしてしまっては国連の票が割れるのは当然で、ロシアをなおさら負けられない戦争に押しやった。それが「終わらせる」ことを難しくしてしまい、「そのとき」を遅らせてしまったように私には思えるのである。なぜ、主権国家を一方的に侵攻するのは国際法違反であり、「それは絶対に許されない」の一点で押し通さなかったのか。

そうはいっても、それで事態が変わったかどうかは分からない。政治と経済が一体となった近代の戦争は、軍産複合体の利潤追求のチャンスでもあり、さまざまな利害がからんでいるから終わらせるのが難しい。だとしても、いずれは終わらせなければならない。「平和は、常に戦争の結果でもたらされる」ともいわれているが、悲しいことだ。

日本にいるウクライナ人が、「私たちが平和を勝ち取るまで戦うと言うと、戦争を望んでいると思われて、日本人はなかなか納得してくれない。平和への意識のギャップを感じて悲しい」と言っていた。この戦争をどう終わらせるかを真剣に考え悩んでいるのは、だれでもない当事者たちである。

（2023・4）

川柳の力

新聞には毎日時事川柳が載り、週刊誌には川柳のコーナーがある。それらには政治や世相を面白く指摘したり風刺したり、なかにはユーモアのある句もある。いつも楽しく読んでいる。

俳句や短歌の句を創ることを「詠む」というが、川柳は「吐く」というそうだ。弱音を吐く、唾を吐く、吐き気がするの「吐く」である。たしかに「吐く」は納得のできないものを拒絶・拒否・批判・抵抗の意志が込められている。

万歳と　あげて行った手を　大陸に置いてきた

川柳作家・鶴彬（つるあきら・１９０９〜１９３８）は、理不尽な現実を痛烈に批判してこんな句を吐いた。彼は、戦争に突き進んでいく時代に戦争に反対する思想犯として検挙され、若くして獄死した反戦川柳作家である。

昨年暮れのテレビ番組『徹子の部屋』で、「来年はどんな年になるでしょう」と問われたタレントのタモリ氏が、「新しい戦前になるんじゃないでしょうか」と即答した。これにはさまざまなニュアンスが含まれ、今の時代の空気感を表現していると評判になった。それからよく見聞きするようになった。残念だが、その指摘は正しかった。政府は、国民の生活苦を尻目に軍事費の倍増を決め、大量に攻撃兵器を買い入れ、配備しようとしている。武器庫は日本中に造るという。

自民党の麻生太郎副総裁が台湾を訪問した際、「日本、台湾、米国をはじめとした有志国は戦う覚悟が必要だ」と述べた。私には、「戦争の準備をせよ」と煽り、国民には「その覚悟をせよ」と言っているように聞こえた。

国政が軍事優先に傾きつつあり、戦争への備えを加速している。過去の「戦前」にも似た、「新しい戦前」がうごめき始めている。

○「足らぬ足らぬ」は工夫が足らぬ

○　贅沢は敵だ

かつての戦時下には国策標語というものがあった。「黙って働き笑って納税」とか「まだまだ足りない辛抱努力」といったものだ。いずれは、こんなスローガンを言い出しかねない情勢である。

だが、あの時代でさえ民衆は黙っていなかった。貼り出されたポスターの1字を消し「足らぬ足らぬは夫が足らぬ」と皮肉り、1字を足して「贅沢は素敵だ」と抵抗した。

栩沢健（文芸評論家）は、「川柳の時代が再びやってきた。川柳には俳句や短歌とは違う力がある。呑み込めないことを無理やり呑み込ませる時代にこそ、川柳の秘める力が求められている」といっている。川柳の直感による批判精神が、時代の危険な流れを気づかせ、教えてくれるのである。

手と足をもいだ丸太にしてかへし

これは鶴彬の代表作である。獄死したのが85年前の9月14日午後3時40分。享年29歳。彼は光照寺（盛岡市本町通）にこの碑とともに眠る。

（2023・9）

五公五民

テレビなどで「五公五民」とか「六公四民」ということばを聞くようになった。これは江戸時代の年貢（ねんぐ）率を表したことばで、五公五民なら収穫米の5割を年貢として上納し、残り5割が農民の手元に残るということである。

江戸時代の初期は「四公六民」だったものを、徳川家康が「百姓共をば、死なぬ様に生きぬ様にと合点致し、収納申し付ける」といって、享保年間（1716～1736年）に五公五民に上げた。それを反当たり

【三閉伊一揆】（田野畑村民族資料館）

の収量が増えたからとさらに六公四民にしていった。

当時の記録では、農民の生活は「三公七民」でかろうじて成り立つぐらいで、五公五民はかなり苦しかったようだ。それが六公四民になると翌年の種籾さえなくなるほどで、御法度の隠田（おんでん）を開拓する者や、百姓をやめて逃散（ちょうさん）する者も出てきた。厳しい年貢の取り立てには、その減免を求めて百姓一揆（集団直訴）が全国で頻発するようになる。享保11（1726）年には、美作国（みまさかのくに）津山藩で世直し一揆と呼ばれる有名な「山中一揆」が起きている。

天明年間（1781〜1788）のころから一揆は組織化され、規模が大きくなり要求も多様になっていく。

一揆が全国で一番多く起きているのがここ盛岡藩である。なかでも有名なのが天保7（1836）年に起きた「南部南方一揆盛岡強訴」と、1万人以上の農民が参加した弘化4（1847）年の「三閉伊一揆遠野強訴」と6年後の「仙台強訴」である。「遠野強訴」では25カ条の要求に対し12カ条を領主にのませている。

財務省が発表した令和4年度の『国民負担率』は、租税と社会保障費の実績見込みが

47・5％で、財政赤字を加えた潜在的な国民負担率は61・1％であった。とうとう、江戸時代における重税の象徴だった「五公五民」になり、「六公四民」に入っていきそうである。

国民負担率が増えると、経済成長と家計がマイナスになることは明らかである。生産力が江戸時代とは桁違いに大きい現代では、「四民」でも庶民が直ちに死活問題とはならないかもしれない。だが、実質国民所得がマイナスを続けるなら、そうはいってもいられない。

日本の負担率は、諸外国とくらべてそう高くないというひともいる。問題は率ではなく所得総額の低さである。労働者平均年収（２０２１年・ＯＥＣＤ統計）は、欧米諸国が高いが日本はお隣の韓国より4ランク下の24位。年収でいえばアメリカの半分ぐらいである。豊かさの目安となる「１人あたりの名目国内総生産」（ＩＭＦ統計）は、２０００年は世界第2位だった日本が、２０１０年は18位、２０２２年は32位まで落ちている。日本国民が諸外国と比して貧しくなっていることは確かである。

今、エネルギーや食糧の輸入価格が上昇。諸物価は値上がりして国民の生活は苦しくなっているが、政府はこれからの防衛予算を5年間で43兆円にするという。２０２４年度の概算要求をみると、防衛省の要求は約7・7兆円、昨年度より1兆円増え総公共事業費を超えている。だが、武器購入費の後払いを含めると実際には59兆8千億円になるとの試算もある。この財源のほとんどが国民に押しつけられようとしている。

一方で、大企業の内部留保（令和4年度）は、前年度から27・1兆円も増えて511・4兆円にもなっている。国家予算が114兆円だから、その4・5倍を貯め込んでいるのである。富の分配が政治の役目なのに、このひずみを是正しようともしない。国の政策を根本から変えなければ国民の貧しさはさらに進み、国力はさらに落ち込むことになる。

日本の現状は、江戸時代なら不作や飢饉があれば一揆のおこりかねない状況にあり、産業別労働組合とナショナルセンターが機能していたかつての時代なら、国民の要求を掲げてゼネストが決行されてもおかしくない事態である。

今は江戸時代とは違い主権は我々にある。政治は主権者である国民の代表者によって行われ、その代表者を選ぶのが選挙である。それは学校で習うから、だれでも知っていることだ。しかし、主権者の代表による政治なのに、その主権者が貧しくなっているのはなぜか。日本が向かっているのは、はたして主権者の望んでいる方向なのか。

私たちは、それを望んで代表者を選んだわけでもないはずである。残念だが、主権の行使が食堂の写真メニューから料理を選ぶように代表者を選んではいなかったか。それに慣れてしまった結果が、逆に「統治されやすい主権者」になってはいなかったのか。

「五公五民」になり、このままでは「六公四民」にもなろうとしている今、そして、「新しい戦前」と呼ばれる今、我々は「統治する主権者」として、我々の付託に応える代表者を見極めなければならない。

（2023・9）

科学と信義

ある人が、家で出た生ゴミを細かく刻んで道路に捨てた。近所の人たちがそれをやめてと訴えた。その人はこう応えた。「生ゴミですから、いずれ腐って土になります。人体にはなんら影響がありません。それは科学的に立証済みです」「庭に埋めるとか、堆肥にするとか他の方法はないのですか」「ありません。これが最良の処分方法です」

これで近所の人たちが納得するだろうか。

福島原発事故で発生した（ＡＬＰＳ処理された）汚染水を海洋放出に至る政府の対応はこんなものではなかったのか。

政府のいう「科学的に立証済みです」とは、ＩＡＥＡ（国際原子力機関）の報告書を指すのであろう。その報告書で「放射能数値は人間には害はない」というが、他の動植物にはどうか。将来の環境への影響はどうか。それらはまったく検証されていない。この処理方法が最善なのか。その言及もない。

汚染水に限っていえば、アメリカのスリーマイル島の事故では、住民の反対で河川に流すことは断念し、蒸発させる方法で処理している。

報告書には、「処理水の放出は日本政府が決定することで、この報告書はその方針を推奨するものでも承認するものでもない」と書いている。さらに、ＩＡＥＡのグロッシ事務局長は記者の質問に、こうも答えている。

「日本政府は私たちのところに『処理水の扱いをどうしたらいいか』とは聞いてきていません。日本政府は基本方針を持っていて、その方針を評価してくださいと言われただけです。ですから、処理方法について他の案もあることは知っていますが、それについては検討・評価はしていません」

政府はこう処理したいから「お墨付き」を下さいと頼んだだけで、ＩＡＥＡは海洋放出の是非については評価していない。ようするに、ゴミを道路に捨ててもよいか否かは判断していないのである。

私にはどうしても分からないことがある。「放出する前に薄める」という理屈である。処理水の放出は、漁場の近くではないところで、放出したものを再び取り込まないところ。それで1キロ先の海となったようだが、1リットルに含まれるトリチウムの量は、さらに海水を加えても、含む量は変わらないはずである。30年近くかけて流すというが、時間をかけるだけなら少量ずつ流せば良くはないのか。それとも、1キロ先は近すぎるからなのか。

日本は、そのIAEAに年71億4千万円拠出し、職員も派遣している。その国に「NO」の判定は出しにくいと考えるのは「下衆の勘繰り」だが、いずれ、海洋放出は「公海」への放出であり、国内問題から国際問題にもなりかねない手段である。それは予想できたはずである。近隣国はすぐに反応した。その主張の善し悪しは別として、政府はとうとうこれを「国際問題」にしてしまったのである。この報告書を国際社会にたいして「錦の御旗」

や水戸黄門の「印籠」のようにかざしても、どこまで通用するだろうか。

「信義」とは、約束を守り相手に対して道義的な務めを果たすことをいう。

政府は、２０４５年までに廃炉にする計画だった。だが、汚染水の放出は２０５１年までかかるという。汚染土の最終処分場も決まっていない。８００トンもあるデブリは10年以上経っても、取り出し方法さえ見つかっていない。取り出せたとしても、それをどこでどう処理するのかも分からない。最終処理までには、１００年はかかるという科学者もいる。科学の現状はまだその程度なのである。なのに、政府はその場しのぎに今の「科学」を絶対視し、「問答無用」の態度をとっている。

汚染水の海洋放出は、「漁業関係者との合意のうえ開始する」と約束していた。しかし、総理は「放出期日」を通告するだけに福島に行き、その約束を反故にした。近隣諸国の理解を得る外交努力はどうなされたのか。論議の過程と各種データはすべて開示したのか。地元の人たちとは何度真剣に話し合った結果なのか。

不十分なそれを棚にあげて、笑い顔で魚を食べてみせ、「福島の魚を食べましょう」と呼びかけたりする。私はその政治感覚も疑う。これらは政権には約束を守り、人としての務めを果たすという「信義」そのものが欠如しているように思える。

事故から10年間で、少なくとも13・3兆円の費用がかかっている。あとどれくらいかかるか予想もつかない。おそらく天文学的数字になり、何十年にも亘り税金で補塡することになるだろう。

原発事故の処理は、世代を超えた「深刻な国家的課題」である。だが、国はそれをできるだけ小さく見せて、場当たり的な説明でやり過ごそうとしている。国民は、そんな「信義なき政権」を信用・信頼するだろうか。政権がこのような態度をとるかぎり、国民との溝が深まるばかりで埋まることはないだろう。

これで、国の秩序は保たれるのか。日本の将来が危うくはないか。

（2023・11）

大統領の陰謀

アメリカ映画「大統領の陰謀」（1976年制作）は、ある新聞記者が国家犯罪を暴いた映画である。

スクラップブックを探すと、前売りの半券と入館の際にくれる解説と次週予告のチラシが貼ってあった。この映画を観たのは、1976（昭和51）年8月のことである。

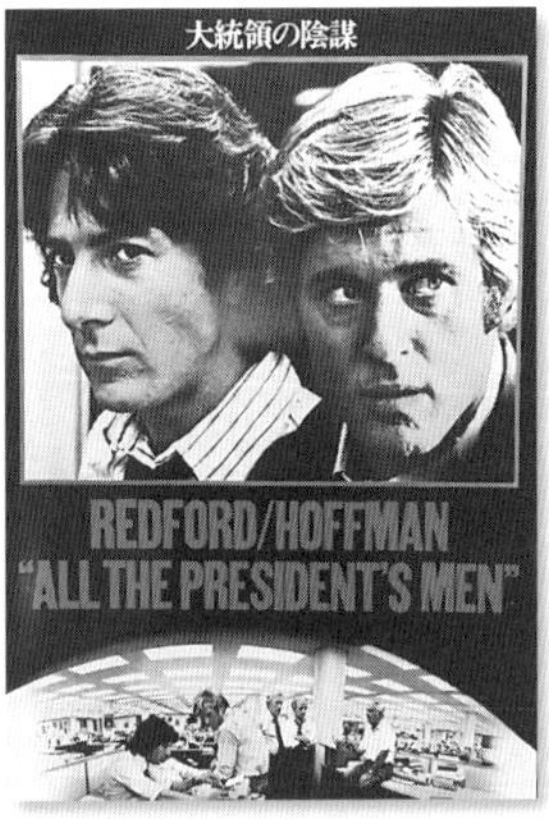

1972年6月、ウォーターゲートビルの民主党本部に何者かが不法侵入した。ワシントン・ポスト紙の社会部記者ボブ（ロバート・レッドフォード）は、その法廷取材を命じられ、この事件が単なる物盗りの事件ではないことを直感する。一方、先輩記者カール（ダスティン・ホフマン）もこの事件に興味を抱き、ふたりは事件の疑惑を記事にした。そのため、ワシントン・ポスト紙はニクソン政権から名指しで非難され、社の上層部から

取材中止を厳命される。

だが、謎の人物から、君たちはＣＩＡやＦＢＩの捜査機関に見張られ、社の幹部もニクソン政権に牛耳られていると警告を受ける。それを知って、続報記事の掲載を認めなかった主幹も、合衆国憲法修正第一条で保証されている「報道の自由」と「この国の未来」を守るために戦え、とふたりを励ます。

１９７３年1月、ニクソンは再選を果たし、就任式で宣誓する。そのテレビ中継が流れる中、ワシントン・ポストの編集局にボブとカールの打つタイプライターの音が響く。

ふたりが暴いた事件の報道が端緒となって世論を動かし、やがて大統領の側近と政府高官、事件関係者たちが次々と起訴され、有罪となる。ニクソンは翌年の8月9日、大統領を辞任する。いわゆる、アメリカ最大の政治スキャンダル「ウオーターゲート事件」である。

なぜこの映画を今思い出したのか。近年、日本の政権がとる横暴ぶりとマスメディアの姿勢が、47年前のアメリカと似ているような気がしたからである。

三権分立とは、司法・立法・行政の権力がひとつ機関に集中し、権力の濫用を防ぐシステムなはずだ。だが、木原誠二元官房副長官の妻の元夫が不審死をとげた事件で、現場の刑事が他殺の可能性があるのに「自殺」として捜査を中止。再捜査が始まってもまた中止になった。この事件には警察の人物がかかわっている可能性があり、初動捜査から自殺として処理されようとした疑いがある。再捜査中止には木原氏の関与が疑われている。政治家と警察が自らの事件をもみ消そうとしているのなら、法事国家崩壊の危機といえる。

国会を軽視し、何ごとも閣議決定で済ます。国と県は対等なはずなのに、沖縄に対しては国が「上」の態度と国に忖度したと思われる数々の司法判断。権力の私物化も目に余る。とても三権分立が機能しているとは思えない。

マスメディアは、「旧統一教会」「木原事件」「ジャニーズ問題」に沈黙し、役目である政権監視を忘れて「政権広報」の役目に陥っている。うるさいジャーナリストは、記者会見やテレビのコメンテーターから排除される。

日本の大手新聞社には、気概のある主幹やボブやカールのような記者はいないのか。

（2023・11）

十戒

アメリカ映画「十戒」（１９５６年制作）を観たのは私が高校２年生、１９５９（昭和34）年４月のことである。

旧約聖書「出エジプト記」を元にしてつくられた映画だが、その時はそれを知らず、ただ「史上最大のスペクタクル映画」とか「超大作」という宣伝にひかれて観に行った。

ヘブライ人がエジプトの奴隷にされていた紀元前。ヘブライ人として生まれたモーゼが、シナイ山のふもとで羊を追っていたある日、燃える柴の中に神の使いが現れ、「エジプトに帰り、イスラエルの民を救え。約束の地カナンに導き出せ」と啓示を受ける。

予言者となったモーゼは、ヘブライの民２００万人を引き連れてエジプトを脱出し、カナンの地（パレスチナ）に向かう。それをエジプト・ファラオ軍が追う。紅海まで追いつめられたそのとき、モーゼが杖をかざすと海が割れて道が現れる。彼らは海を渡ることができたが、ファラオ軍の戦車と騎馬兵は閉じる海にのみ込まれてしまう。印象に残っているシーンである。

ヘブライ人とは、ユダヤ教を信じるユダヤ人のことで、自らはイスラエル人と称していた。彼らは、自分たちは神に選ばれた民であり、モーゼに引きつられて来たパレスチナの地は、神から与えられた土地だと信じている。

ローマに滅ぼされて以来2000年もの間、ユダヤ人は土地（国）を持てなかった。世界中に散って、貿易や金貸し業の商人となって生きていくしかなかった。

19世紀後半から民族国家再建の機運が高まり、国際連盟の決議を経て1948年にイスラエルが建国された。アラブ人の住むパレスチナに「ユダヤ人国家」が誕生したことで、そこに住んでいたイスラム教を信じるアラブ人が排斥され、「自治区」に隔離されるようになった。この「差別政策」は、アラブ諸国の反発を招き、それが遠因となって4次にわたる中東戦争が起きている。戦争終結後も、いわゆるこの「パレスチナ問題」は解決されずにきていた。「全世界から同情されて滅亡するより、全世界を敵にまわしても戦って生き残る」を「国是」とするイスラエルが、軍事大国になっていったのは当然の帰結であろう。

今年の10月7日、パレスチナ自治区ガザ地区からイスラエルにロケット弾が打ち込まれた。イスラエル軍は、ガザ地区を実効支配する武装勢力「ハマス」の仕業で、この攻撃は国家の存亡にかかわるとして掃討作戦に乗り出した。

ガザ地区は365平方キロ。そこに222万人が住んでいる。山間地で人の住めない地域もあり、人口密度が1平方キロあたり3万人を超える所もある。人口密度が日本一高い東京都豊島区の2万3500人と比べてもその過密ぶりがよく分かる。イスラエル軍の病院・学校、逃げ惑う民間人への無差別攻撃は、国際法違反だとして国際社会の非難をあびている。

事態を複雑にしているのは、ユダヤ人の民族自決権の問題、ユダヤ人だけが救われるユダヤ教とすべての人間を救うキリスト教との軋轢、この地にキリスト、イスラム、ユダヤ教の聖地エルサレムがあること、イスラエル建国にかかわった大国間の思惑など、さまざまな歴史的要因が絡みあっているからだ。

だとしても、イスラエルの「防衛」はすでに度を超している。国連の停戦要請にも耳をかさないその強行姿勢に、イスラエルは自国からすべてのアラブ人を排除する「民族浄化」の衝動にかられているようにさえ思える。

映画には、モーゼがシナイ山で「十戒」を授かるシーンがある。山頂の岩に神の閃光が戒律を刻む。「われは、あなたの唯一の神である」「汝、父母を敬え」「汝、盗むなかれ」「汝、嘘をつくなかれ」と。

十戒は神がイスラエル人に与えた戒律である。その何番目かの戒めは「汝、殺すなかれ」であったはずだ。

（2023・12）

Ⅳ　人間になる

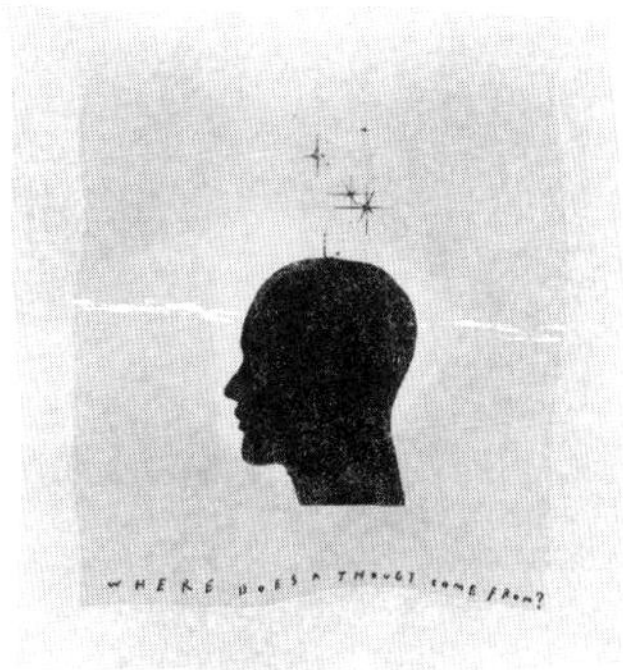

「見えないもの」を見る

中学までは水彩画を描いていた。その後は、展覧会や美術館に足を運ぶだけになっているが、気に入った絵があり、値段の折り合いがつけば買ってもいる。その絵を、なぜ気に入ったかと聞かれても「いい絵」だからとしか答えようがない。なぜいい絵なのか聞かれるとなお困る。

絵画展で絵を見ながら歩いていると一点か二点、足が止まる絵に出会うものだ。その絵から何かを感じたからだが、それもことばで説明するのはとても難しい。

中川一政（洋画家・歌人・随筆家）は、随筆集『随筆八十八』のなかでこう書いている。「画かきはものを見て感動する。その感動は形になっていない。それを形にするのが画かきの仕事である。……私はこの風景が描けるだろうか？と思っているうちは描けない。見えてないから描けないのだ。見えるときを逃がしてはいけない。見えるものばかり描け」

風景であれ静物であれ、画題を決めるものは「感動」である。心引かれたものが、しっかり見えなければ描けない。心が絵筆を動かしてくれるときに描かなければ、それは「死んだ絵」になるともいっている。

そして、こうもいう。

「感動は生きている。それが色や形に宿れば絵になり、ことばに宿れば文章になる。これを殺してしまっては仕様がない。それを殺さないように檻に入れ、窮屈を意識しない自然に生きているように描かなければならない」

表現にはいろいろな制約がある。その制約を氏は「檻」といっているが、絵だって大きさの制限があり、文章だって長さがある。そのなかでのびのびと描かなければならない。これは絵だったら構図と色のことで、文章だったら過不足なく書くということだろう。

画家は自分の感動を絵にするために、デッサンを習い構図を考え、自分なりの色調や筆のタッチを模索する。その修練の結果として人を感動させる絵となる。自分が感動しないものを絵にしたところで、他人が感動するはずがない。それは絵画に限らず、文章でも写真・彫刻でも、演劇・映像など芸術全般にいえることだ。

私たちはさまざまな事象に反応し、ささいなことに心を動かされて日々生きている。おだやかな春の日差しが強くなると夏を予感し、枯れ葉の舞う淡い日差しに近い冬を知る。フクジュソウがなぜ雪解けとともに咲くのか不思議に思い、路傍の可憐な草花に強さを学ぶ。あの人が亡くなり、この子が生まれた。そのたびに人は何かを感じ、何かを思い、何かを発見する。それがない毎日だったら、生きているのさえつまらないものになってしまうだろう。

人に必須な「感動」だが、それは無意識に湧き、小さなものはすぐに忘れてしまう。だが、そのとき、自分は何に心動かされたのかを知ろうと意識していれば、それが見えてくるはずである。それが見えたときに、絵でも文章でも「いい作品」が生まれる。

洗練された技術によって表現された絵に出会い、画家が感動したものと自分のそれとが触れ合ったとき、だれでもその前に立ちつくしてしまうのだ。

（2019・11）

「生きてしまう」こと

田舎でひとり暮らしをしていた父が、４年前、１０２歳10ヵ月で亡くなった。１００歳になるころから兄妹が交代で見守りに行っていたが、そのとき、父がよく言っていた。「長生きもよいことばかりでない。人さまに迷惑をかけるだけだ」

朝、起きてきたときは「ああ。今日も生きていた」とつぶやいていた。隣近所からは長生きを褒められたが、本人はとまどうように笑うだけだった。

母が亡くなって十数年、父はひとりできまった時間に起き、新聞をよく読み、きまった時間に三食とって床についていた。ひとりで買い物や食事の用意は危険だと兄妹が代わる代わる見に行くようにしたが、だれも都合がつかないときはショートステイを利用してもらった。我々にはさほど手のかからない父だと思っていたが、それでも本人は「生きてしまった」ことを、迷惑をかけるだけで「情けないこと」と思っていたようである。父の程度にしてこうだから、身体が不自由で意識がしっかりしている人なら、なおさら辛い思いで過ごしていることだろう。

かつては、一線を退くと「ご隠居さま」と呼ばれ、人生の先輩として尊敬された。余生を優雅に生きることが当然である時代もあった。だが、今の日本は「余生をおだやかに過ごす」なんて許されず、「そんな暇があったら働け」と言わんばかりである。それでも働けるうちはまだよいかもしれない。働けなくなり「介護される」身になると、たちまち存在そのものが疎んじられる。本人は、好きでこうなったわけでないと言いたくても肩身が狭くて言えない。ただ、じっと耐えるしかない。

医療の進歩で人は長生きするようになり、介護を必要とする人口も増えてきた。「介護は個人から社会へ」が目的だった介護保険制度（2000年4月スタート）は、同居家族がいれば、炊事・掃除・洗濯・買い物などの生活支援サービスは原則受けられない。法改定のたびにサービスを受ける条件が厳しくなって、家族の負担がますます増えている。ほとんどのエネルギーを5年も10年も介護に費やし、疲れ果てている人もいる。介護施設は常に人手不足で、働く者の待遇も決して恵まれているとはいえない。

経済優先の社会は、しだいに人が生きることさえ「社会の役に立っているか否か」で計るようになる。すると、障がい者や老人は時間とお金がかかるだけでなんの役にもたたないから抹殺すべきで、それが「正義」と考える人間が出てくる。自分は世の中の役に立っていないと思うから、役に立つことをしようと倒錯してしまうのだ。そして、「相模原障害施設殺人事件」のような大量殺人がおこる。


自分の「死」は想像でしかないが「老い」は現実である。老いて生きる過酷な現実をいやというほど見せつけられると、そうなることがだれでも怖くなる。だから、寝たきりにはなりたくない。認知症にはなりたくない。他人に迷惑をかけたくない。そう思って身体を鍛え、脳トレに励み、終活に取り組む。その気持ちはよく分かる。それを否定するつもりもない。

でも、それがほんの少し先に延び、程度も少し軽くなるだけかもしれない。だれもが最後までもピンピンしているはずもなく、必ずいつかは「生きてしまう」ときがくると思っていたほうがよい。

長生きは「米寿」だ「卒寿」だといってめでたいことだった。それがいつから「怖い」ものになってしまったのか。老いは多少なりとも他人の世話になっていくことであり、しごく自然なことである。それを許容できない社会が、はたして健全だといえるだろうか。

（２０２０・２）

相模原障害者施設殺傷事件　２０１６（平成28）年7月26日未明に神奈川県相模原市緑区にあった神奈川県立の知的障害者福祉施設「津久井やまゆり園」にて発生した大量殺人事件。元施設職員の男（犯行当時26歳）が施設に侵入して所持していた刃物で入所者19人を刺殺し、入所者・職員計26人に重軽傷を負わせた。事件発生当時は戦後最悪の大量殺人事件として日本社会に衝撃を与えた。

あきらめが肝心

先月、「喜寿（77歳）」になった。いつ何が起きてもおかしくない歳になり、そうなったときのことを考えなければならない年代にもなった。

今のところ体調に不安がないから、考えておくなら今のうちだとは思うが、自分ではできないことをひとりで考えたところでよい案など見つかるはずがない。東京に住む娘が帰って来たときに相談しようと思っても、いつも言いそびれる。だんだん面倒くさくはなるし、まだ先のことだ、と考えることをやめたりする。だが、いつも頭のどこかに引っかかっている。

74歳で亡くなった孔子（中国の思想家）が晩年に、『四十にして惑わず。……七十にして心の欲するところに従えども、矩（のり）を越えず』と弟子たちにいったという。自分の人生をふり返り、「七十を過ぎるころから、自分の思いのままに行動しても、決して人の道を踏み外すことがなくなった」といっているのだが、これは、70歳で人生の悟りに入った孔子だから言えることである。

この歳になってもまだまだ未練がましく生きて、人生の総括など考えたこともない私には、「70を越えたら、どんなことをやったとしてもたいしたことはできないよ。適当なところで諦めなさい」といわれているようで、嫌みに聞こえてくる。かといって、「それもそうだ」とどこか受け入れているところもあるから、少々癪（しゃく）にもさわる。

その「諦め」ということばだが、思考の放棄、断念と良くない意味ばかりに使われている。たしかに、「諦めず、がんばったから金メダルがとれた」かもしれない。だが、「諦めきれずいつまでも事業を続け、結局、倒産して借金だけが残った」ということだってある。諦めることは悪いこととは限らない。時と場合によっては良いことだってあるのだ。

漢和辞典で「諦」を調べてみると、【①のぞみをすてる。断念する。「諦念」②あきらか。つまびらか。「諦視」③まこと。真理。「真諦」】とある。

「諦め」は、単に「放棄」や「断念」だけではない。「明らかにする」「真理」の意味もある。どちらかといえば「深く考えて判断する」に近いのではないか。

その年代に合った過ごし方と楽しみ方というものがあるだろう。40歳や50歳とは違うステージに入って、70代だからこそできることもあるだろうが逆にできないことも増えてくる。できなくなったことを嘆く前に、自分の歳を自覚し、冷静に今を考え、70代だからこそできることを考えなければならない。それには、「できること」と「できないこと」を深く考える本当の「諦め」が「肝心」なのだ。それが失敗だったとしても、熟慮の結果であれば大きな悔いにはならないはずである。

意味もなく歳を重ねるよりは、新しい何かに挑戦したいものである。それが「年甲斐もなく」と笑われ、「年寄りの冷や水」とか「年寄りの木登り」と冷やかされても、何もしないよりはマシではないか。

そう力んではみるものの、何もかも諦めて気楽に過ごすのもいい生き方ではないか、と思ったりもする。

（2020・3）

目は口ほどに

スーパーで買い物をしていたら、帽子をかぶった婦人から「こんにちは」と声をかけられた。こちらも、つい「こんにちは」と返したが、すぐに（だれだっけ）と首をひねった。顔半分がマスクでかくれているから、だれか分からなかったのだ。しばらくして、年恰好から近所のあの方だと見当がついた。今、街中の人がマスクを着けているから、こんなことはだれもが経験していることだろう。

日本では、風邪をひけば他人にうつさないようマスクをするが、欧米人はコロナ禍でもなかなか着用しなかった。アメリカのトランプ大統領もしばらくそれを拒んでいたし、「マスクをしない自由を！」と叫ぶ市民の姿をテレビで見たこともあった。

欧米人はなぜ頑なにそれを拒むのか。その理由が分からなかったが、ある日偶然、これを論じているテレビ番組を見て合点がいった。

番組では、それはコミュニケーションの取り方の違いだろうといっていた。人とコミュニケーションをとる場合、日本人はことば以上に顔の表情や声色、特に目を重視するが、欧米人はことばと口元に注目する。だから、欧米人は口元を覆っている人間をとても奇異に感じるのだそうだ。日本人がメールでつかう「顔文字」を理解できないのは、口の形を見ているからだという実験結果も紹介していた。

混み合う電車に乗り込んだとき、乗客全員がマスクを着けていても日本人ならさほど気にならないだろう。だが、全員がサングラスをつけていたとしたらどうだろうか。どこを見ているのか、何を考えているのか分からず、奇妙というより恐くて逃げ出したくなるに違いない。そう考えると、欧米人がなかなかマスクを着けたがらない理由が理解できる。

日本人がコミュニケーションにどれほど「目」を頼りにしてきたかは、ことばの多さに現れている。「目をくばる」「視線をおくる」「目が泳ぐ」「流し目」「上目遣い」「伏し目がち」などたくさんの表現があり、「目力」「眼力」ということばもある。「目は口ほどにものを言い」「目は心の窓」と、口では嘘はつけるが目は本心を表すとも教えている。

よく、「目を見て話せ」と言う。意思を伝えるにはそれが有効だからだ。しかし、見据えてしまっては威圧感を与えて逆効果になる。私にはもう無縁だが「見つめ合う」というロマンチックでなつかしいことばもある。これも相手を間違えると誤解を招くから要注意である。目は、口では言えない微妙なことまで語るのだ。

職場で同僚と話すとき、みな目を見て話すようになった。マスクをしているからだが、そんな気がする。意思疎通が図られたかどうかは目をみて判断するしかないから、ごく自然なことであろう。女性と目を合わせて話すことなどあまりなかったが、これからは恥ずかしいなどとはいってもいられなくなった。

新型コロナウイルスの感染が収まり、人の口元からマスクが取れた後も、相手と視線を合わせてしっかり話すようになると、日本人のコミュニケーション能力はぐっと向上するに違いない。

（2021・2）

旅する動物

陸と海のどちらにも「旅」をする動物はたくさんいる。

ツバメやハクチョウ、サケやウナギなどがすぐに思い浮かぶが、その移動距離は地球規模である。ザトウクジラは南極から北極近くのグリーンランド付近まで移動する。キョクアジサシは南極と北極を毎年往復するそうだ。直線でも毎日100キロ以上も飛ぶことになる。

彼らは一見、「旅」をしているように見えるが、よく考えてみると越冬や繁殖のため生活圏を移動しているだけのことで、人間には、その移動距離から旅をしているように見えるだけである。ましてや「旅行」をしているわけでもない。「自分探しの旅」とは言うが、「自分探しの旅行」とは言わない。「慰安旅行」はあっても「慰安旅」はない。その区別は

別として、旅や旅行をするのはどうも人間だけのようである。

霊長類の仲間で、人間ほど地球上のあらゆるところに分布を広げた種はない。アフリカを出た現生人類が、中東、ヨーロッパ、アジアに進出、乾燥、熱帯雨林、森林地帯に適応して住み着いた。

シベリアのような酷寒地帯まで進んだ彼らは、海面が低くなった氷河期のときにベーリング海峡を渡ってアラスカに出た。地上を覆っていた氷床の裂け目を伝って北アメリカに出るとさらに南下、あっというまに南米大陸の南端、アルゼンチンのウスアイアという町まで到達した。

先祖は経験から、長いこと一カ所にとどまっていると増えた人口でいずれ食料不足になることや、疫病が流行ると全滅する危険を知っていた。彼らは、そろそろと考えはじめたころ、新しい居住地を探しに勇者を旅に出した。運よく適地が見つかると移住が始まる。だが、全員が移住したわけではない。そこで暮らし続けたいという者は残り、冒険志向の者が新天地を目指して出て行った。

この繰り返しで人類は世界中のあらゆる場所に住みつき適応していったが、地球全域に住みついた要因は何だったのか。他の動物と違った決定的なものは何か。それは「出る者」と「残る者」の「多様性」を認める知性であったと、いつか読んだ生態学の本にあった。人間が「旅」にあこがれるのは、人間だけがもつこのＤＮＡによるものかもしれない。

東京に人が集中し過ぎだという話はだいぶ前から出ていた。最近、東京から転出する人が転入者より多くなったそうだ。東京脱出を促しているのは間違いなくこのコロナ禍だ。転出先は隣県が多いようだが、いずれ全国に広がっていくだろう。人類がくり返してきた「旅」。それに誘うＤＮＡを新型コロナウイルスが刺激し、人は新天地を求めて動き出した。この現象がそう見えなくもない。

（２０２１・５）

一寸引き　―倉本聰が『北の国から』で考えたこと―

脚本家・倉本聰が、東京から札幌に移住したのは、1974（昭和49）年、39歳のときである。ススキノで2年半暮らした後、富良野に移る。そこで書いたのが国民的ドラマ『北の国から』である。どうしようもないほど情けない主人公・黒板五郎が東京で挫折し、子どもたちを連れて故郷・富良野に戻って暮らす家族の物語である。

ドラマの主人公たちを、電気も水道もない厳しい土地に放り出したのはなぜか。その問いに倉本は、便利すぎるものがないところで家族が助け合い少しずつ成長していく姿が、人間本来の姿で、生きていく原点がそこにあるからだと答えている。

テレビ局から与えられた命題は「小さな家族の大きな愛の物語」だった。だが、大量生産、大量消費、大量廃棄の社会への疑問、物事を簡単にあきらめ、なにごとも金で解決しようとする風潮への嫌悪、自然相手の農業を経済システムに合わせようとして衰退していく農業への憂いを、物語にこっそり忍び込ませたとも言っている。

1984（昭和59）年、彼が49歳のとき、富良野市街から20キロ余の孤絶した谷に農家が見捨てた土地があった。そこにシナリオライターと俳優を養成する私塾「富良野塾」を立ちあげた。

この世界にあこがれる若者は多いが、だいたいは金を持っていない。金を持っていなければ取らなければよい。住むところは、村の廃屋を直して使えばよい。足りなければ解体家屋から廃材をもらって建てればよい。生活費は、農繁期に農家の手伝いに出てその手間賃を当てればよい。と始めたが、やはり、生活費が足りなくなった。彼は、「金がないなら知恵をしぼれ。あきらめるな」と塾生たちを励ました。

後に、あれは苦し紛れだったと白状しているが、そのころ知った「一寸引き」ということばが頭にあったからだとも言っている。手に負えない大きな岩や木の根を動かすとき、地元の人に相談した。その人が、「一寸引き」だが1年か2年かければなんとかなると引き受けてくれた。あきらめずに一日1寸（約3センチ）ずつでも動かせば、どんなものででも動かせるということだった。彼はその考え方を自分の座標軸にすると決めていた。

倉本聰はテレビ界から干され、半分ヤケクソで札幌に移住している。『北の国から』の情けない主人公・黒板五郎は自分自身であり、電気も水道もない厳しい土地に放り出された家族は、富良野塾の塾生でもあったのだ。「一寸引き」はそこで得た哲学であった。

富良野塾は２０１０（平成22）年４月まで続き、26年間に３７５人の塾生が巣立っていった。ドラマで黒板五郎役だった俳優・田中邦衛は、今年３月24日に逝った。

（２０２１・11）

『北の国から』（原作・脚本　倉本聰）は、フジテレビ系で通算して21年間続いた国民的ドラマ。１９８１年10月９日から１９８２年３月26日までは連続ドラマとして「金曜劇場」枠で放送され、その後、１９８３年から２００２年まで８編のシリーズがドラマスペシャルとして放送された。

聞くはいっとき

「聞くはいっときの恥。知らぬは一生の恥」ということわざがある。知らないことを他人に聞くのは恥ずかしいことだが、そのとき聞かなければ一生知らないままで、そのほうがもっと恥ずかしいということだ。

「耳学問」ということばもある。辞書によれば、自分で習得した知識ではなく、人から聞いて得た聞きかじりの知識とある。その「聞きかじり」は、物事の一部分や表面だけを聞いて知っていることとあるから、どちらも中途半端な知識を指すときに使うようだ。

私は30年ばかり、損害保険会社の損害調査部門で、火災や自動車、船舶、航空機から運送事故などの保険金支払い業務に携わってきた。調査は、損害の内訳や修理の見積書が出てくる場合もあるが、協議しながら損害額を算出していくときもある。その調査の過程でさまざまな人と会う。相手は自動車整備技師、建築士、医師、弁護士とさまざまで、おおかたは専門家だ。保険金を支払うほうと受け取るほうの協議だから利害は相反する。事前に少しは調べて行くがこちらは素人同然、勝負は目に見えている。と思われるだろうがそうはならないのである。

知ったかぶりをしてもそれはすぐばれるし、相手に軽蔑されるだけだ。分からないことは正直に「教えてください」と頼み、「妥当な金額を算出したい」という態度で接すれば相手はていねいに答えてくれるし、いろいろなことを教えてくれる。私が30年間で得た知識のほとんどがこの「耳学問」で「聞きかじり」のものである。

今の若者は……と言うと怒られそうだが、人にものを尋ねることが苦手なようである。何か悩んでいるようなので聞いてみると、「そんなことで悩んでいたの？　早く聞けばいいのに」と思ってしまうことが多い。私たちの時代とは違う環境で育った近年の若者は、他人に聞くくらいならネットで調べた方が早いと思うのだろうか。ちょっとした会話はSNSで済ませるから「直接聞く」ということが苦手になっているのだろうか。先輩や上司はみんな自分の親世代で、この世代差が「ものを聞けない」壁になっているのかもしれない。

だが、それはいつの時代でも同じである。私たちの時代にはマニュアルもインターネットもなかった。分からないことは、自分で調べるか知識のある人に聞くかしかなかったのである。上司には聞き返すのが怖かったし、専門家にはめったに会えない。だから、そのときは聞き逃すまいと神経をつかい、よい機会だといろいろ質問したものである。

耳学問と聞きかじりの知識であっても、今もいろんな場面で役立っている。そもそも、自分で習得して極めた知識なんてはたしてどれほどあるのか。学校で習った知識だって、今になってみれば「聞きかじり」のようなものになってはいないか。

私は聞くことを「恥」と思ったことはない。会話は「聞く」ことから始まる。それで会話がはずみ少しでも賢くなれるなら、それだけでも結構ではないか。私は分かっているふりをされるより、「教えてください」と言ってくる若者のほうが頼もしくて好感が持てる。おおいに聞くべし。尋ねるべし。私は、「聞くはいっとき。知識は一生」と思っている。

（2021・11）

「生き方」と「死に方」

毎月一日発行の地域新聞に短文を書いている。原稿の締め切りが前月の25日なのだが、締め切りが迫っても書けないことがある。何を書こうかと焦るが、焦るとますます浮かばない。そんなときはよく本棚を見わたす。目的の本があるわけではない。何かヒントになるものがないかと、並んだ本の背表紙を眺めるのである。

今月もそうだった。奥のほうに『生きるための死に方』（新潮社）という古い文庫本が目についた。死という文字と題名のユニークさが引っかかったのだろう。その本は、42人の人たちが執筆しているエッセイ集で、平成4年4月に発刊されたものだった。その前に『死ぬための生き方』という本も買ったはずだが見つからなかった。「死ぬための生き方」

なら分かるような気がするが、「生きるための死に方」なんてあるのか。まあ、似たようなテーマの2冊目だから出版社が生と死をひっくり返しただけのことなのだろう。

　有名な人たちが、「自分の死」を見つめながらさまざまに論じている。

「そのときは遅かれ早かれやってくる。それまで力一杯生きて、最後の瞬間「死」に肩をたたかれて『えっ、もう終わり？　気がつかなかった』と微笑んで人生を終わりたい」と三浦朱門（作家）はいう。

「死にたくても死ねないことも、生きたくても生きられないこともある。命は宿命みたいなものだからあれこれ考えてもしようがない。生と死を別のものだとは考えないで、生というドラマの終幕と考えればよい。充実した舞台を演じて幕を閉じるのが最高の幸せというものだ」とは笹沢佐保（作家）の論だ。

「死は一瞬だからどうでもよいが、老いや病気、寝たきりと痴呆などの『死ぬ前』が怖い」と言っているのが菊村到（作家）で、「想像の翼を広げ、頭の中を死ぬ暇がないほどに忙しくしていれば死が入り込むことはない」と書いているのは下重暁子（随筆家）だ。

　阿川弘之（作家）は、ある評論家が亡くなりそのお墓が自分のお寺だと知って、「死んだ後も小説の批評をされてはたまらない」と心配し、高峰秀子（俳優）は、今でいう「終活」を終えてこぢんまりした家に引っ越しをしたとたん、その家が気に入って「死んでたまるか」という気になったと書いている。青山光二（作家）のように、「俺は死なないかもしれない」、それが不安だという人もいる。

いったい、この人たちがこんなことを考えていたのはいつごろなのか。作品は昭和63年から平成元年に書かれたとあるから、書いたのは、阿川弘之68歳・高峰秀子64歳・三浦朱門62歳・笹沢佐保58歳・菊村到63歳・下重暁子52歳のころである。ほとんどが今の私（78歳）よりずっと若いときである。職業は作家・劇作家が18名、会社経営者5名、大学教授・学者5名、評論家3名、その他となっている。

感心するのは、創作に生と死を扱う作家・劇作家なら自分なりの死生観が必要だとしても、みんなしっかりしたものをもっていることだ。戦時中は10代か20代だった彼らは、いつも死の影に怯えながら、たくさんの死を見てきた。否応なしに死を意識せざるを得なかったからだろうか。

書いていることは、そこで自分を納得させるために出した結論で「覚悟」のようなものだったのではないか。だからこそ、彼らは、死から解放された戦後を第2の人生として精いっぱい生きて活躍した。と、私は思うのである。

私だったらどんなことを書くだろうかと考えてみた。が、すぐに書けないと悟った。私は戦後しか知らない。「死ぬための生き方」であろうが「生きるための死に方」であろうが、戦時中のような差し迫った死を感じることも、それを突き詰めて考えることもなかったからである。

死を意識しないで生きてこられたことは、それはそれで幸せなことではないか。そう強がったところで、何も考えていないだけのことで、言い訳にもならない。

（2021・12）

だれでも考えること

本棚から『生きるための死に方』（新潮文庫）という本を見つけ、その何年か前に生と死を逆にした『死ぬための生き方』という本も買ったはずだと探してみたら、やはりあった。『死ぬための……』は、1991（平成3）年に出版されたエッセイ集で、宇野千代（作家）・笠智衆（俳優）・横山隆一（漫画家）・森繁久弥（俳優）・山田風太郎（作家）・谷川俊太郎（詩人）・開高健（作家）ら42名が執筆している。明治30年から昭和12年までに生まれた50歳から90歳の方々で、日中戦争と太平洋戦争を体験し、敗戦と高度成長の中で活躍した人たちである。

この2冊、一度は読んでいるはずだがほとんど記憶にない。この本を買ったのが50歳になったころだから、仕事が忙しくてこのようなことを考える暇も関心もなかったからで、エッセイを書くための参考書程度の興味で買ったのだろう。当時の本は活字が小さくて読みにくいが、読んでみると、題名から受ける堅さはなく再読（？）は新鮮だった。

「人に『死』がなければ『生』が分からない。死があってこそ、生を考え、生き方を考える」「セザンヌは、遺言を書いてから絵に没頭した」と聞かされると、なるほど、終わりがないと、「今」を考えないだろうし、「死にものぐるい」のことばも生まれないだろうと納得する。

「死は前から来ない。いつも後ろからふいにやって来る。前から来られるとどうしてよいか困るから、後ろからがいい」というのもよく分かる。

「だれでも死を想像する。だが、三途の川近くまで行っても先の彼岸がよく見えない。不安になって、また此岸に戻ってくる。戻った現世は輝いて見える」といわれると、だれでも想像するのはそのあたりまでで、その先のあの世が見えずに戻ってくる。そして、この世もまんざらでもないと思う。これもそうだろうと頷いてしまう。

「天国は人間だけのものか。植物や獣にはないのであれば、不公平ではないか」といいながら、こんな小話を披露している。

あるゴルフ好きが、牧師に「天国にゴルフ場はあるのか?」と尋ねた。牧師は「さあ、調べてみましょう」と言って、数日後に「天国にもゴルフ場があるそうです」と返事があった。そして、「話していいのか分かりませんが……」とためらいながら、「調べたら1週間後にあなたの予約が入っているそうですよ」と伝えた。そのゴルフ好きはあわてて、「すみませんが、その予約を取り消していただけませんか」といったそうだ。

いくらゴルフが好きな人でも、「自分から進んで行きたいところではないようだ」と結んでいる。本心が見えて笑える。

「ひとは、他人が死んでも自分は死なないと奇怪な信仰をもっている」とか「大人物が死んでも空も地上も何も変わらない。三日たてば三百年前に死んだのと同じになる」といい、「それが不思議で、大変おもしろい」と面白がっている人もいる。考えていることが人それぞれでユニークだ。

テーマも書いていることも深刻なことなのに、語り口はどこか、それをもてあそんでいるようにさえ思える。若いときの戦争体験が達観の境地にさせているのかもしれない。「若いときは死を考えないが、歳をとると考えるようになる」と何人かがいっている。「若いときは」というのは、自分のことなのか一般論なのか分からないが、それはよく分かる。

私がこの本を買ったのは50歳のときである。そのときは、何も気にしなかった自分が、78歳でこの本が目に留まったということは、無意識であっても、どこかでそれを意識しているということだろう。

（２０２１・12）

「別れ」の方法

私らの年代（70歳代後半）になると、毎年、何人かの同級生や知人が鬼籍に入っていく。疎遠になっている人が多いから、消息を見逃さないよう、新聞の「お悔やみ」欄や死亡広告はていねいに見るようになる。それでも見逃してしまい、後で「喪中ハガキ」でそれを知ったりすると不義理を働いたような、どこかけじめのつかない思いが続くものである。

2、3ヵ月前、元同僚のお母さんが亡くなり火葬に行ってきた。新型コロナウイルスの感染防止のため、炉前での読経も喪主の挨拶もなく、数人ずつが入室して焼香を済ませてすぐに退室、帰宅という実にあっけないものだった。

その1ヵ月ほど後、新聞の広告で小中高の同級生が逝ったことを知った。葬儀は身内で済ませたとあったが、何かをしなければ、と思っているうちに樹木葬で行ったと人づてに聞いた。

最近の死亡広告をみると、葬儀は家族のみで行うとか、すでに終わったとしているものが多い。コロナ禍がそうさせているだろうが、それが収まったとしても親族だけのこぢんまりした葬儀の傾向は続き、さらに増えていくような気がする。


昔の人は、その日を冥途へ旅立つ「ハレの日」として立派な葬儀を執り行った。「死」は生前に関わりの合った人たち皆のもので、家族だけのものではなかったのである。

だが今は、昔から続いてきた弔いの儀式はあいまいなものになり、死者を弔う方法は多様化している。識者はこの傾向を「死の家族化」とか「個人化」と呼び、それが「死の孤立」を招いているという。コロナ禍はそれを加速させているのだ。

この傾向は「檀家制度」の崩壊によるものだ。今、全国に7万7千ある寺のうち、地方を中心に約2万が住職のいない無住寺院である。人口が都市部に集中し農村の過疎と核家族化が進んで、寺の檀家が減っている。このまま檀家が減り続けると20年後には40％のお寺が消滅するともいわれている。

檀家でない家は、死者を弔う儀式は宗派や寺のしきたりにとらわれないから、面倒を避けて家族だけで簡素に済ませようとするのは当然のなりゆきである。加えて、近年は家族葬や直葬が多くなり、お墓も樹木葬墓地、永代供養墓・納骨堂・霊園などと旧来とはだいぶ違ってきている。死の家族・個人化がさらに進み、そのうち、死去を知らせる「死亡広告」も「喪中ハガキ」もなくなってしまうかもしれない。

私たちは、友人・知人の死を葬儀という一連の儀式を経て「別れ」を納得し、それで区切りをつけてきた。だが、死の「家族・個人化」は、広く悲しみを共有する機会を奪い、故人の生死をあいまいにしたまま、いつの間にか「消えてしまった人」にしてしまう。「死の孤立」とはそういうことなのだろう。そんなけじめのない「別れ」は、どちらにとっても寂しくはないか。死とはそういうものとあきらめてしまえばそれまでだが、何か新しい「別れの方法」が欲しいものである。

生きているうちに、世話になった人たちに自分の死と今までの感謝を伝える手紙をしたため、それが死後に届く仕組みがあってもよさそうだが、どうだろうか。

（2021・12）

人間になる

「ヒト」とは動物とは異なる人間全般を指すが、生物学的に指すときは「ヒト」と書いたほうが無機質な物体をストレートに指すようで分かりやすい。漢字の「人」となると一般的な人を指す。社会生活を営む上での「人間」となると、人に「人間性」と「知性」や「理性」を保有していることが条件となる。

「人」も漢字だと普通の人だが、ひらがなで書くとその柔らかさからか人格と感情をもった人間のように思えてくる。

最近の小説などは、頭数（あたまかず）を指すようなときや、まったく知らない人のときは「人」で、よく知っている特定の人物は「ひと」と使い分けているようである。歌の題名でも、都はるみが歌った「好きになった人」（作詩・白鳥朝詠）は「人」だが、鶴岡雅義と東京ロマンチカの「小樽のひとよ」（作詩・池田充男）はひらがなである。

社会生活を営む人間社会では、世界中で予測不可能な事態が起こり、国際社会が混乱しているようにみえる。気候の変動で干ばつや森林火災、豪雨災害が世界中で頻発している。ウクライナは元々ロシアのものだったから取り返すと勝手な言い分で戦争をしかけ、攻められるといけないから「核共有」が取り沙汰される。選挙のさなかに銃撃事件が起こり、政治権力にカルト教団の手が延びていた。個人社会でも、多様な情報が行き交い便利にはなったが、それに「これが正しい」とか「それは間違い」だと、それぞれが主張するようになった。ＳＮＳの書き込みを読むと、ひとつの主張に対して寄ってたかって攻撃し、その応酬が相手を罵倒するまでになる。

積み上がっていた普通の「常識」がどんどん変わり、精密で強固だと思っていた社会秩序がほころび始め、今にも崩れそうである。その不安からか、理性と知性の奥にあったヒトの「本性」がむき出しになって「分別」を失っているように思えてしようがない。

仏教では、「見方のクセ」を「分別」といい、それにこだわることを「執着」というそうだ。「執着」は、ものごとを自己中心に見てしまう我執（がしゅう）から生じ、それで腹を立てたり衝突したりする。「執着する自己」から解放されて物事を見るようになれば、新しい価値観や自分の可能性を見出すことができ、それが知性や理性になっていく。自分の「見方のクセ」を見直し、「自分の分別にこだわらない自分」をつくっていくことが大切だと説いている。

もっともだとは思うが、古い常識にこだわっているから今が「無秩序」に見えるのだろうか。そう見えるのは「見方のクセ」なのだろうか。私には、「見方を変えて現状を容認しろ」といっているようで少々受け入れがたい。腹の立つことばかりであるからこそ、嘆いてばかりでもムードに流されてもいけない。物事を冷静に見て自分の理性と知性で判断し、何をなすべきかを考える。それが「分別」だと私は思う。

「ヒト」から「人」になったのは成り行きである。人の本性がむき出しになってきている時代に、成り行きで「人間」にはならない。理性と知性を持ち合わせている人間になるということは、難しいことである。

（２０２２・９）

回顧の領域

「人は老いて回顧の領域に入る」といったのは、森鴎外ではなかったろうか。「歳をとれば自分の過去を懐かしむようになる」と解釈するのは当たり前すぎるから、もっと深い意味がありそうである。

この「老いて」とはいつごろを指し、「回顧の領域に入る」とはどういうことなのだろう。自分の人生を、若いときとは違った目で見ることができるようになるには、それなりの経験と年月、「回顧」に必要な時間の余裕がないとできないものである。だが、今の時代、歳を重ねても自分の老後にまったく不安がないという人はそう多くはいまい。その煩わしさのために、そんな境地に入れないのが現実ではないのか。昔のように、優雅な隠居生活とはならないのである。

私の場合、妻が逝って22年になり、その後、娘が東京の大学に行きそのまま就職してしまったから、19年間、ひとり暮らしである。日々の生活に追われて、過去に思いを馳せる時間はそうはない。たまに、遠い過去が思い浮かんでなつかしい思いになることがあっても、まだまだ人生を総括し、それを味わうような心境にはならない。80歳になり、人生の「下り坂」に入って、単に「回顧癖」が出ているだけである。

人生を山登りに例えることが多いが、目指す山頂に到着し、後は下るだけと自覚したときから回顧の領域に入るということなのだろうか。

だが、それがいつごろかとなると、その人によって違うだろう。登りも下りも早い人も、ゆっくりの人もいる。一気に登りゆっくり下りる人も、その逆の人もいるはずだ。とすると人生の頂上が人によって違ってくるとなる。それも、なんとなく納得してしまうが、そもそも、今、自分が人生の頂上にいると自覚するだろうか。それは、ずっと後になって、あれが頂上だったと分かるものではないのか。

領域の入り口が人によって違うとしても、今までの人生をじっくり味わえるようになれば、過去の苦労や悲しみは、ささいなエピソードに過ぎず、おしなべて満足な人生だったと懐古するようになる。そう思えてくるのが「回顧の領域」とするならば、それは「悟り」

に似たようなものではないのか。だとすれば、その「悟り」に入ることができるのは、人生の最後の最後になるかもしれないし、それができずに終わることだってありそうである。

人生は、後ろをふり返ることはあっても、いつも前を向いて歩き続けなければならない道である。いつも何かを考えながら、ときには迷い、判断を誤ることだってある道だが、多少の起伏はあっても、だいたいは平坦な道であるものだ。だから、何か成し遂げようとしている途中ならば、それを登りと呼んでもいいかもしれないが、人生にはそもそも頂上とか下りとかはない。あえていうならいつも頂上だと、私は考える。

人生を登山にたとえるから「頂上」とか「下り」とかが出てくるのだ。鴎外がいったという「人は老いて回顧の領域に入る」とは、案外、「歳をとれば自分の過去を懐かしむようになる」と、当たり前のことをいっただけかもしれない。

（2023・2）

V

小言・たわ言・ひとり言

「荒川」の奇跡

東京に住む友人から近況報告が届いた。羽田空港の「新低空飛行計画の中止を求める署名運動」に取り組んでいるとのことで、数枚の資料が同封されていた。

国交省は、近隣の国際空港との競争力強化とオリンピック開催による外国人観光客の増加を見込み、来年（2020年）3月から羽田空港の離発着ルートを変更し増便を図るという。

その計画とは、出発便は北風のときには江東・江戸川区の荒川上空に、南風のときは川崎臨海石油コンビナート上空に加速上昇し、到着便は都心上空から羽田に降りるというものである。従来の離発着は、住宅密集地を避けてすぐ東京湾に出ていたが、これからは都心と工業地帯の上空が飛行ルートになる。

到着便ルートは、関東内陸部の上空から中野、新宿、渋谷、品川、大田区を通って羽田に降りるコースで、浦和あたりから徐々に高度を下げ、中野区上空ではまだ１０００メートルぐらいだが渋谷区に入ると東京スカイツリーより低い５００メートルとなる。そこで車輪を出して下降を続け、品川区に入ると東京タワーより低い３００メートルの超低空飛行となる。これが1分30秒ごとに続くという。


航空機事故は、離陸して3分と着陸時の8分に多発する。この時間帯を「クリティカル11（魔の11分）」というそうだが、新ルートではそのもっとも危険な時間帯に都心や石油コンビナートの上を飛んでいることになる。

区民の請願で、渋谷区議会は国に再考を求め、品川区は反対決議をした。これに対して国は、離陸時は早く海に出るようにし、都心はもう少し上を飛ぶようにするといった。だが、今度は上昇時の急旋回は操縦が難しくなり、着陸は急降下になってより危険だとパイロットたちが反対している。

今までも、部品の落下やエンジントラブルなどが年間50件も発生している。羽田沖に墜落した大事故が過去に2回もあった。これらが都心で起こらないとは限らない。この安易で危険なルート変更が、都民にあまり知らされずに実行されようとしている。この安易
かつて、実際の事故を描いた『ハドソン川の奇跡』という映画があった。

2009年1月15日午後3時26分に離陸したエアバスA320型機が離陸直後、鳥の群れに遭遇して両エンジンが停止、滑空状態となった。離陸してから5分後のことだった。管制官は「飛行場に引き返せ」と指示したが、機長は、それには高度と速度が足りずに手前の街に墜落すると判断し、ハドソン川に不時着を決行する。乗客乗員全155人が無事に生還するが、後日、管制官の指示に従わなかった機長が裁かれる話である。

審理で機長の判断が正しかったと立証されるが、ハドソン川は川幅約1千メートル、橋が少なく不時着も可能だった。だが、東京の比較的広い「荒川」でも、川幅は650メートル、鉄道橋が5本、道路橋は10本以上も架かっている。

東京では、あのような『奇跡』は決して起こらないのである。


（2019・11）

《全日空羽田沖墜落事故》

1966年2月4日に東京湾の羽田空港沖で起きた、全日空のボーイング727-100型機の墜落事故で、合計133人全員が死亡した。単独機としては当時世界最悪の事故となった。操縦ミスとされている。

《日航羽田沖墜落事故》

1982年2月9日。当時の日本航空、福岡発東京行350便（ダグラスDC8-61型機）が着陸直前羽田沖に墜落。乗客24名が死亡し、乗客乗員148名が重軽傷を負った。滑走路手前の海上にある誘導灯に車輪を引っ掛け、滑走路直前の浅い海面に機首から墜落した。墜落現場が浅瀬だったため機体の沈没は免れた。原因は機長の「逆噴射」による失速だった。

1月17日の月

1月17日。熱海市では「尾崎紅葉祭」が行われる。この日は、紅葉の生誕日でも没した日でもない。代表的な未完の小説『金色夜叉』の有名な一場面にちなんだ日である。

貧乏学生の間貫一（はざま　かんいち）は、鴫沢宮（しぎさわ　みや）とは許嫁（いいなずけ）の仲だった。だが、宮は貫一を裏切り、富豪の富山唯継（とみやま　ただつぐ）に嫁ぐことになる。月の照る夜、熱海の海岸で貫一は宮さんと会い、それを聞く。貫一は、そのわけを問い詰めるが宮は本心を明かさない。怒りに震える貫一は宮に言う。

「一月の十七日。宮さん、善く覚えてお置き。来年の今月今夜、再来年の今月今夜、十年後の今月今夜……僕の涙で必ずこの月を曇らして見せる！」

そう叫び、許しを請う彼女を下駄で蹴って去る。

映画にも芝居にもなってヒット曲もあるから、古い人ならだれでもこの場面と台詞は知っているだろう。この台詞にある「1月17日」が「尾崎紅葉祭」の日なのである。

熱海の海岸を歩くふたりのシーンは、絵も舞台も満月になっている。が、はたして実際に満月だったろうか。

小説は、読売新聞に1897（明治30）年1月1日から始まっている。熱海の海岸シーンは2月18日に載ったから「今月今夜」とは、掲載1ヵ月前の明治30年1月17日のことで間違いないだろう。その日の月を調べてみたら、1日早いがほぼ満月であった。

では、この原稿をいつ書いたのか。セリフの「1月17日」より前とも考えられるが、新聞に載ったあとで、「あの日は雨降りで熱海には月が出ていなかった」と言われては困ると紅葉は考えたはずである。とすれば、執筆はその日の夜かそれ以降となる。臨場感のある名場面の執筆は当日と考えるのが妥当であろう。

1月17日のこの日、「月の出」が午後3時半、もっとも高くなるのが午後11時ごろである。日が暮れたときにはもう月は昇っている。紅葉は間違いなく、東南の空に満月が浮かぶその夜、窓越しに月を眺めながら、お宮と貫一を月明かりの熱海海岸を歩かせ、寛一にあの台詞を語らせたのだ。やはり明治の文豪。ぬかりがない。

私がそんなことを気にするにはわけがある。以前、短い小説を書いたことがある。そのなかで（見上げる山の上に、白い半月があった）と書いた。50枚のなかのたった16文字に、あるプロの作家から「その日は、本当に半月かい？」と聞かれて、答えられなかった。「いいかげんに書いてはいけない。調べて書きなさい。ちょっとの間違いが作品をダメにする」と叱られた。そんなことがあったからである。

＊＊＊＊＊

1995（平成7）年のこの日は、阪神淡路大震災の日でもある。震災から1週間後、私は調査のため神戸に入った。

冬の暮れは早い。夕方の長いアーケード街はトンネルのなかにいるようで、足元さえ見えなかった。ポツンと見える出口に急ぎ、広い通りに出るとため息が出た。

見ると、ほのかに明るい西の空に六甲山がシルエットで浮かび、空には宵の明星が光っていた。振り向くと、街は闇に包まれた黒い塊のように見えた。

あのとき神戸の空に月はなかったような気がする。ついでに調べてみたら、その日の「月の出」は真夜中の1時ごろで昼には沈んでいる。やはり、あのときはまだ月が出ていなかったのだ。

満月と新月に大地震が多いという。その研究論文も発表されている。阪神淡路大震災が発生したその日は満月であった。


（2021・1）

よい子・悪い子

小学4年生のM子ちゃんがクモの巣にかかったモンシロチョウを見つけ、食べられてはかわいそうだと助けてあげた。それを聞いた先生が、こう言って褒めた。

「それはよかったね。M子ちゃんはやさしい子だね」

それをそばで聞いていたN男君が、不満そうに言った。

「先生。クモがかわいそうだよ。巣が壊されて、せっかくの餌がなくなって。お腹がすいていたんだと思うよ」

先生はそのとき（変なことを言う子だ）と思ったが、あとで、N男君の言い分も正しいと思い直し、あのとき叱らないでよかったと反省した。そして、N男君にはどう言ったら良かったのかと悩んだ。

この話を何かの本で読んだとき、テレビで流行った「よい子・悪い子・普通の子」というコント番組を思い出していた。学校の授業で、ひとつの質問に対して、よい子、悪い子、普通の子の生徒がそれぞれ答えるのだが、その「回答」のギャップが意表をついておもしろかった。

あの番組では、こう言えばよい子で、こう話せば悪い子と区別していたが、人間はいつの時代にも生きていくために区別しなければならなかった。「これは食べられるか、食べられないか」「危険な動物かそうでないか」、人間も「敵か味方か」「いい人か悪い人か」「好きか嫌いか」という具合にである。

偏見を持つなと言っても、だれにでも区別する意識があるから、「偏見」につながりやすい。それだけならばまだ他人に迷惑をかけないが、「蔑視」や「差別」になるとそうはいかない。「蔑視」は人を傷つける暴力のようなもので、「差別」は不公平で一方が不利益を被る理不尽なものになる。

どこかの会長が、「女性がたくさん入っている会議は時間がかかる。女性は競争意識が強いから、一人が手をあげて言うと、自分も言わなければと、みんな発言する」と言った。これで会長辞任となったのだが、辞任挨拶では「解釈の違い。マスコミが面白おかしく報道した。老害と言われて不愉快」と当たり散らした。

どう解釈しようが、女性を見下してじゃま者扱いにした粗暴な発言である。口に出さなければよいというものでもないが、言ってよいことと悪いことがある。大きな組織の要職につく人間には、少なくとも「許される発言か、許されない発言」なのかを判断する見識がなければならない。国際的な組織と関わりのある団体の長ならなおさらである。だが、本人はなぜ批判されるのかよく分かっていないようである。

さて、チョウチョの話である。

先生はクモが嫌いだったからM子ちゃんはやさしい子、N男君は「変な子」と見てしまった。それは偏見である。あのとき、「憎たらしい子」と怒っていたら蔑視になったし、その後、先生の生徒への接し方に差が出るとしたら、それは差別になる。

私が先生だったらN男君に何と声をかけるだろうか。

「M子ちゃんも、チョウチョの気持ちを考えて逃がしてやったからやさしいね。N男君もクモの気持ちを考えてかわいそうだと思ったから、M子ちゃんと同じくらいやさしいね」と言いたいところだが、これだけで納得してくれるだろうか。してくれなければ自然の摂理や他者を思いやる気持ちを説く必要があるだろう。

あのクモから言わせれば、やはり「差別だ」と怒るだろうが、我々に区別する習性がある限り、まったく偏見も差別意識もない人間であることは難しい。私も、それとは気づかず、どこかで相手を傷つける発言をしているかもしれない。

（2021・3）

この子・だれの子

4月は入学式シーズンである。小学校に上がった子をもつ家庭の親は、生活のテンポが変わって気ぜわしいことだろう。一番喜んでいるのは、ランドセルをプレゼントした祖父母たちかもしれない。

かつて、孫が生まれるとき、「俺はあのようにメロメロにはならない」と言っていた友人が、生まれたとたんに「かわいい」を連発し、「孫はいいもんだ」とカラオケで『孫』（作曲歌・大泉逸郎）を歌い出した。

衛生・医療が現代とは大きく遅れていた昔（明治以前）は、6歳まではいつ死んでもおかしくないほど子どもの死亡率が高く、「六つまでは神のうち」と言ってなんとか7歳までは生きてくれることを願った。

今、親と言えば「生みの親」だけになったが、昔はそうではなかった。「カリオヤ（仮親）」という風習があり、それは長いこと続いていた。

妊娠5ヵ月の帯祝いに帯を巻いてくれる「帯親」、出産を助けた「取り上げ親」、そして「名付け親」と「乳つけ親」、最大5人もの親がいたのだ。仮親たちは、生まれた子を「自分の子」のように何かと世話をしながら、生涯にわたって絆を保ってきた。

この風習は、大切な子どもを集団で育てる知恵ではなかったろうか。悪さをすればどこの子だろうと叱った習慣は、「私の子」と同じように「われらの子」として育てる風習からくるものではなかったか。

取り上げばあさんは、産婆さんになり今は先生になった。名付け親もいなくなり、よその子を叱る風習さえもなくなった。時代と事情が違うといわれるだろうが、そうだとしても、子どもたちに注ぐ世間の愛情は、昔のほうがずっとあったように思える。そこに世の中のありようを含めて、私たちが考えなければならないものと学ぶべき何かがあるように思えてしようがない。

現在、医療技術が進み乳幼児の死亡率が低いのに、少子化に歯止めがかからない。その原因は、とうに個人レベルの問題ではなくなっているのに、子を守り育てる全ての責任を生みの親に押しつけているからである。

子どもがもてない理由は、家庭の経済的貧困と働きながら子どもを育てる環境の貧しさにある。それは、経済の効率化と低賃金政策を進めてきた政治の責任が大きい。それを棚に上げて、「子を産まない女は社会に貢献していない」と個人を責める国会議員がいても、それをとがめもしない鈍感な政治になっている。少子化対策は、その「政治の貧困」を改めるところから始めなければならない。

出生率が2・0を割り込んでから45年、人口減少がはじまって10年。戦後は3人にひとりが子ども（15歳未満）だったが、今は8人にひとりを割った。逆に、65歳以上の人が3人にひとりに近づいている。

子どもと若者のいない社会なんて想像したくもない。いつも、どこかで元気に遊ぶ子どもたちの声が聞こえてくる社会。そんな社会であってほしいものである。

（2021・4）

鬼　―日本人が創った不思議な生きもの―

アメリカ・インディアナ州リッチモンドにアーラム大学がある。同大学と盛岡市の教育交流は50年近く続いており、毎年10名ぐらいの留学生がホームステイしながら4ヵ月ほど盛岡で過ごす。

平成20年4月、このプログラムをサポートする「ホストファミリー会」の代表として、彼らの学位授与式（卒業式）に参列するために出かけた。そのとき、大学へのお土産として、板付けにした鬼剣舞の面一対を持って行った。

アメリカ同時多発テロから7年も経っていたが、デトロイト空港での入国審査は厳しく、係官から入国の目的や期間、滞在場所などの質問を受けた。そして、手に持っている風呂敷包を「開けて見せろ」と言う。ほどいてお面を見せると「それは何か？」と聞いてきた。

何と説明してよいのか分からず、「フェース・マスク・ドール」などの単語を並べた。間違いなく通じていないと分かったが、係官は何も言わず手のひらで「行ってよい」と合図をしてくれた。

大学でもそれなりに説明をして学長に手渡したのだが、懇談になってから「鬼は悪者ではないのか」と聞いてきた。「人間に役立つ鬼もいるのです」と答えるとうなずいていたが、分かってくれたかどうか。再訪した翌年、大学校内の「日本紹介コーナー」にその面が飾られていた。説明文の最後のほうに『良い鬼です』とあった。

鬼は「古事記」にも登場するが、昔から疫病や飢饉などの厄災を「鬼」と見立てて忌み嫌った。民衆はそれらを「鬼退治」と称して、さまざまな方法で退散させようとした。鬼の物語は、南北朝時代の「酒呑童子」や明治維新の「アマビエ」のように、世情が不安定な時代の変わり目に流行している。

幼いころはよく「鬼が来るぞ！」と親に叱られ、鬼は怖くて恐ろしいものと思い込んでいた。たしかに、「一寸法師」に出てくる鬼はお姫様をさらおうとした悪い鬼である。だが、「こぶとり爺さん」の鬼は意地悪で欲張りな者には怖い鬼となるが、正直な者には良い鬼だ。

羅刹鬼は悪いことはしないと三ツ石の神様に誓い、その証として岩に手形を押した。これが岩手の名の由来になったと伝えられている。改心する鬼もいるのである。

「桃太郎」に出てくる鬼ヶ島の鬼は、悪いことをしていないのに征伐されて財宝を取られたから盗人は桃太郎のほうだという人もいるし、節分には「鬼は内」と言って豆をまく地方もあるそうだ。有名な男鹿半島の「ナマハゲ」や岩手県の「スネカ」はめでたい小正月に来訪する鬼である。

鬼剣舞の鬼も、大地を踏んで悪魔を踏み鎮め場の気を清浄にしてくれる鬼たちで、御霊や怨霊を念仏によって往生させ災厄を防ぐために舞う。今こそ、新型コロナウイルス退治のために舞ってもらわなくてはならない鬼たちである。

日本人が創り出した鬼は、「邪悪」で恐ろしいものから「善行」の象徴、ときには「神」の化身として現れる不思議な生きものである。共通しているのは、「大きく」て「強く」て「超人的」であることだ。人はそういうものに鬼の名をつけた。仏教を守護し出産・育児の神が

「鬼子母神」であり、魔除けのために屋根にのせたのが「鬼瓦」である。トンボやクモの王様は「鬼ヤンマ」とか「鬼グモ」と呼び、花には「鬼ユリ」という名をつけた。人間にも優れた才能を表す「鬼才」ということばがあり、鬼の冠がつく監督や上司がいて、たまには嫁にもつく。

鬼は人間の分身として造形された。人は、悪さをするものを鬼と見立てたが、人間としてやってはいけないことをするのも、それを戒め、諭すのも鬼となった。人間の力が及ばないときに頼りにしてきたのも鬼たちなのである。

そんな得体の知れない生きものが、忌み嫌われず、その多くは好意をもって日本の社会に生き続けてきた。それは、どんな鬼でも自分たちの素朴な価値観の裏返しとして創りだされたもので、とても人間臭くて憎めない生きものだからである。

（2021・4）

姓（苗字）とは何だ？

結婚するとき、どちらの姓にするかなどはまったく考えなかった。私は5人兄妹で男ひとり、彼女も5人兄弟で女ひとりだったから、なんの問題もなく当然のように私の姓にした。

今年の6月23日、「夫婦別姓を認めない法律は憲法に違反する」という申し立てに最高裁大法廷は合憲という判断を示した。裁判官15人のうち4人が憲法に違反するという意見を書いている。

今は、ひとつの家族はひとつの姓が「常識」だから、この訴訟に違和感を覚える人がいるかもしれない。だが、国単位でみると日本は少数派である。フランス・韓国・中国などは「原則別姓」で、同姓か別姓かを選べる「選択制」をとっているのがアメリカ・イギリス・ドイツ・ロシアで、イタリアやトルコは、夫婦の姓を合わせる「結合姓」である。先進国で夫婦同姓を義務付けた「古めかしい法律」があるのは日本だけである。

そもそも、庶民のだれもが姓（氏）を使えるようになったのは明治以降で、そう昔のことではない。

それまでは、「越後のちりめん問屋の隠居・光右衛門（水戸黄門）」「神田明神下の平次親分（銭形平次）」「上州新田郡（ごおり）三日月村の紋次郎（木枯らし紋次郎）」というように、屋号や出身の地名をつけて名乗っていた。もともと、姓を持つ者は限られており、一族の一員を示す記号のようなものであった。だから、嫁入りも婿養子でもなんの問題も生じなかったのである。

1870（明治3）年9月、明治政府が「平民に苗字なるものを許す」と発令したがさっぱり進まなかった。名前だけでは兵籍が調べられないと軍からの要求もあって、「必ず付すべし（平民苗字必称義務令）」と強制したのが明治8年ことである。国は、姓が一族名であるかなどは関係なく、ただ単に国民を管理する識別記号とするために姓と名の組み合わせが必要だったのである。

多くは和尚さんや庄屋（名主）さんにつけてもらったが、おのずと多くが出身地に関連する名が苗字になった。なかには魚の名前を苗字にするなど「いい加減」なものもあったらしい。その際も、夫婦は別姓であった。翌年の明治9年、太政官指令で妻の氏は「所生ノ氏」（実家の氏）を用いることとわざわざ念を押している。

夫婦別姓だったものを同じ姓を名乗ることと義務付けたのが、28年後の1898（明治31）年に制定した旧民法である。1946（昭和21）年11月3日公布の新憲法のもとでも家単位の戸籍が夫婦単位にはなったが、夫婦同姓の規定は変わらなかった。だから、夫婦同姓の歴史はまだ120年ぐらいしかないのである。

法律上は夫婦どちらの姓を名乗ってもよいことにはなっている。だが、実際に姓を変えるのは圧倒的に女性で、全体の96％に上る。生まれてからの姓を失いたくないと思う人は多いはずである。変えられない事情のある人だっているだろう。夫婦別姓では家族の一体感が薄れると反対する人たちがいるが、家族はそれに左右されないもので結ばれていると私は思う。

今回の判決は正面からの憲法判断を避け、「制度の在り方は、国会で議論され判断されるべき」と逃げている。それもそうだ。法制審議会が「選択的夫婦別姓制度」を導入する民法改正案を答申してから24年にもなる。国連の女子差別撤廃委員会（ＣＥＤＡＷ）は、日本の状況を「男女の不平等を反映している」と指摘し、２００３年以降、条約に沿った国内法の整備を進めるよう繰り返し勧告もしている。政府は早急に国会に諮らなければならない事案なのである。

日本では新しい姓を創造することができない。だから、少子化とともに「消える姓」を持つ家庭が増えているだろう。

私には娘がひとりいる。その娘が結婚して相手の姓になるとすれば私の姓が途絶えてしまう。それが、もし姓を変えないでくれるなら、この先何代かはこの苗字が残ると、ちょっとだけ期待していたのである。

しょせん、それを決めるのは私ではないのだが。

（２０２１・８）

消える姓（苗字）

6月23日（令和3年）、「結婚による夫婦同姓の義務」は違憲か否かの申し立てに対して、最高裁大法廷は「合憲」の判断を示した。そのニュースを私は別な思いで聞いていた。

私に子は娘ひとりだけである。娘が結婚して相手の苗字を名乗るとすれば、私の後に「野中」の姓が途絶える。自分ではどうしょうもないことだが、やはり寂しい。

もし、この判断を機に法律が変わり、娘が姓を変えないことを選択してくれるなら、この姓があと何代かは続くかもしれない。最高裁の判示によってはその可能性が少しは膨らむ、と期待していたのだが外れた。

日本では新しい苗字を創造することができない。2つの苗字が結婚によってひとつになれば、間違いなく片方が消える。継いでくれる兄弟がいれば別だが、少子化が進んでいる現在、「消える苗字」が増えているのは間違いのないことだ。

日本では苗字の数を正式に調査したことがないから正確なところは分からないが、少なくとも15万以上はあるらしい。だれもが苗字をもつようになって、まだ数世代しか経っていないから、その数はそう減ってはいないだろう。

では、古くから苗字を使っている中国はどうだろうか。多くは漢字一文字だが当初12万もあったらしいが、今は3千まで減って、上位200の苗字だけで人口の96％を占めているそうだ。4人に1人が、王さんか李さんか張さんで、この3つの苗字だけで3億人もいるというから、中国には日本の人口ぐらい王さんがいるのだ。

ベトナムで一番多い苗字がグエンさんだ。人口の40％にもなり、上位3つで人口の60％を占め、15の苗字で人口の90％にもなるという。ベトナムには苗字が100ほどしか残っていないというから、これほど少なくなると、個人を識別するための氏名が、その役目を果たさなくなってはいないだろうか。

現在の日本では、佐藤・鈴木・高橋・田中・伊藤……と10の苗字で人口の10％を占めている。日本もだんだんこの苗字の割合が増えていき、いずれ、ほとんどがこの苗字になってしまうのかもしれない。

ある法則（ガルトン＝ワトソン過程）のシミュレーションによれば、出生率が低下し続けるとしだいに苗字が減って、最後は、たったひとつになってしまう。考えれば当然だが、そうあわてることはない。計算では日本人すべてが「佐藤」苗字になってしまうのは50世代、１５００年ぐらい先のことである。だが、上位10だけの苗字になるのはかなり早いだろう。近年、子どもたちに個性的な名前が多くなっているのは、親たちがこの現象をどことなく察しているからでは、と考えるのは考え過ぎだろうか。

順位	苗字	人　数
1位	佐藤	約　1,893,000人
2位	鈴木	約　1,802,000人
3位	高橋	約　1,424,000人
4位	田中	約　1,349,000人
5位	伊藤	約　1,084,000人
6位	渡辺	約　1,073,000人
7位	山本	約　1,065,000人
8位	中村	約　1,056,000人
9位	小林	約　1,036,000人
10位	加藤	約　892,000人

【2015.9現在】

かつて、先の大戦で中国に残された「残留孤児」たちが日本に来たとき、覚えていない父母を探し、住んだことのない日本が自分のふるさとだと涙を流した。日本人は、自分を集団のなかに求め、父母と先祖のつながりを確認することで心が落ち着き、安定するもののようである。自分の原点を確認できない不安は、自分の存在そのものへの不安なのであろう。

苗字は同族集団を示し、それをつないでいるものである。苗字をたどることは先祖をたどることであり、先祖が武士なら同族の発祥までたどりつけるものだ。その手がかりが苗字なのだが、苗字の減少はそれを不可能にしてしまう。

原告団が最高裁に判断を求めた申し立ての趣旨とはまったく違うが、自分の苗字が少しでも残せる制度。それが「選択制」であっても、私は夫婦別姓が良いと思うのである。

（２０２１・９）

私の沖縄 ―思いやり―

私が初めて沖縄を訪れたのは、36年前、1986（昭和61）年の3月初旬のことである。朝、羽田を発ち、那覇空港に着いたのが昼少し前だった。着いて先ず驚いたのが空港ターミナルを行き交う人たちのほとんどが半袖シャツ姿であったことだ。ああ、沖縄は「南国」なのだと実感したのが第一印象だった。

沖縄へは会社の仕事で行った。取引先のゼネコンが、米軍基地内にマンションの建築を始めていた。基礎工事で鋼杭を打ち込んでいる最中に、何本かが急に抵抗がなくなった。引き抜いてみると、地中で破損していたというのである。予想外の浅い地下に大きな岩石があって、これに当った杭を無理に打ち込んだための破損であった。事前の地質調査に大きな瑕疵があれば保険会社に保険金の支払い義務が生じない。そのため、設計やボーリング調査に問題がなかったかの調査と杭の損傷確認が私の役目であった。

空港には建設会社の車が迎えに来ていた。昼食は基地内の食堂でとることにして、警備兵のいるゲートを通り、基地内の食堂に入った。支払いは当然ドル札である。食事中、ジェット機の金属音が頻繁に聞こえた。

昼食後、現場に向かう途中に立派な映画館や体育館があった。これらは「日本が建ててあげたものです」と迎えの社員が言う。いわゆる、政府の「思いやり予算」によって建てられた建物であった。

「思いやり予算」とは、1978(昭和53)年、日本の経済規模に比して軍事面の負担が少ないことに不満を持ったアメリカが、米軍駐留経費の一部負担を日本に「要請」した。これに対し、ときの防衛庁長官だった金丸信が「その義務はないが、思いやりの立場で対処すべき」などとして導入したことから、その名がついた。初年度は62億円だったが年々増えて、この年の予算は800億円ぐらいではなかったか。その後、予算は増え続け、今や2100億円超（2022年度）にもなっている。

調査のマンションも、その予算によって建てられているものだった。現場の敷地には、曲がったり、割れたり、折りたたまれた杭が数本あった。事務所に入り、挨拶をすませてから、まず図面を見せてもらった。青焼きの分厚い図面のなかに間取り図があった。見ると東京の世帯型のものより広さが2、3倍はあるマンションである。

「将校用の宿舎ですか」

「いやいや、下士官クラスです」

この広さなら高級将校の宿舎かと思ったが、そうではなかった。アメリカではこの程度の広さが普通なのだろうが、日本とはだいぶ違う。これが日本の税金で建てられるということに驚き、複雑な思いになった。

明日の午前中までかかると思っていた調査は、その日の夕方には終わった。工程の資料がすべてそろっていて調査がはかどったからである。帰りのフライトは明日の午後3時ごろだから時間がある。初めての沖縄だから、明日は少し市内観光をして帰ろうと宿に戻った。

翌朝、チェックアウトしてホテルを出ると黒塗りの乗用車が待っていた。

「会社から、沖縄を案内するようにと仰せつかってきました」

年配の運転手はそう言ってドアを開けた。断ると、「私が困ります」と言う。前日、飛行機の時間を言っていたから会社の心づかいであった。それに甘え、運転手の案内で市内と近郊の何か所かをめぐり、空港まで送ってもらった。

初めての沖縄。その印象は、広大な米軍基地と日本の思いやりで建てた豪華な建物。そして、役得と言われるかもしれないが相手会社の心遣いであった。それ以上に、光りのまばゆさと漂う夏の開放感が「私の沖縄」を決定づけた。

その後、一年おきぐらいに家族や両親を連れて観光で訪れた。沖縄の第一印象が悪くはなかったからである。その思いは今でも変わらない。
5、6年前に関東から沖縄に移り住んだ友人から、「遊びに来い」と誘いを受けている。その誘いにのって、もう一度は行ってみたいと思っている。

（2022・3）

私の沖縄　―730大作戦―

車を運転するときは道路左側を走り、バス停も自分の行きたい方向の左側にある。横断歩道を渡るときも、自分に近い右側を見てから左を見る。それが習慣となっているから、考えることも迷うこともない。だが、「明日から車は右側通行です」といわれたらどうだろうか。

沖縄が、日本の敗戦でアメリカに占領されたとき、交通ルールもアメリカ方式になった。1972（昭和47）年5月15日、27年間の占領が終わり本土復帰して沖縄県になったが、この交通方式は変わらなかった。日本の方式に戻ったのは返還された6年後のことである。

私がそれを知ったのは、テレビの報道記者をしていた友人からの連絡であった。彼は、沖縄で交通方式の変更という「世界でもまれな大事業」が進行中で、切り換え当日、自分が現地から生中継する予定だと知らせてくれた。

　本土ではあまり話題にならなかったが、この切り換えの準備作業は、３年あまり前から始まっていた。５００以上あった信号機と道路標識３万本の反対側への設置、路面の標示書き換え、バスの乗降口変更と運転席の変更、停留所の移動、見通しの悪いカーブや交差点の改修、ガードレールのつなぎ目の張り替えなど作業は多岐にわたった。

「左見て、右見て」と教えてきた子どもたちには、「右見て、左見て」と教え、県民に新交通ルールの徹底が図られていた。

　作り直した標識にはカバーをかけ、路面に書いた標示もシールで隠した。切り替えのときは、そのカバーとシールで古い方を隠す作戦で、この大作戦は、新方式実施となる７月30日に因んで「７３０（ナナサンマル）作戦」と呼ばれていた。

　１９７８（昭和53）年７月29日（土）の夜10時、全県の道路が封鎖され、ただちに作業が開始された。翌30日午前６時までの８時間で、それらの作業すべてを終わらせ、午前６時、県下にサイレンが鳴り響き、新方式がスタートした。

　当日の朝、私はテレビに見入った。友人は、この大作戦はスムーズに進み大きな事故もなく時間内に切り換えられたとテレビカメラに向かって報告していた。「事故もなく」とは、もちろん切り換え作業だけのことである。その後しばらくは事故が多発し、混乱と大渋滞が続いた。

アメリカで、友人の運転する車に乗ったことがある。右側通行になんともいえない違和感を覚え、特に、交差点で右折と左折をすると対向車線に入ってしまう感覚になる。そのたびに身体が反応し、助手席で（おっと、とと……）と声をあげていた。方式の切り換え直後、沖縄の人たちは毎日こんな怖い思いで運転し、新方式に慣れるまでそうとう苦労したことだろう。

沖縄が日本の交通方式に戻って45年になる。沖縄の人たちは交通方式の変更という苦難を2度も経験した。占領されると占領地の住民は、占領国の「ルール」を強いられる。その一例がこれだったと、今さらに思うのである。

（2023・7）

私の沖縄　―46と47の間にあるもの―

今年、沖縄がアメリカから返還されて50年になる。

今、日本の広域自治体は1都1道2府43県でその数は47だが、1972（昭和47）年5月15日、沖縄が本土復帰し沖縄県となるまでは46であった。47になってから50年ということになる。

私が、46という数をいつ覚えたのかははっきりしないが、たぶん小学校高学年ではなかったろうか。子どものころに覚えたものは記憶に刷り込まれているのか、都道府県の数といえば今でも出てくるのが46で、どうしても47に置き換わらないのである。そのたびに1を足しながら、子どものころに覚えた記憶だからしようがないと思っていた。

沖縄は敗戦から本土復帰までの27年間、アメリカの占領下にあった。返還されたとき私は29歳だったが、それまで私の沖縄はずっと「外国」であった。返還されるといっても、現状は何も変わらない「中味のない返還」といわれ、前年のドルショックでドルを円へ交換すると15％も目減りするだけだと騒がれていた。当日も、ドルを円に交換をしている金融機関のようすをテレビで見ていたが、沖縄県誕生の意識は薄かった。

その6年後、沖縄の交通様式の全面切り替えが行われたが、ひと月ぐらい前に、テレビの報道記者をしていた高校の同級生が、当日、現地からそのようすを生中継すると連絡をもらい、彼からこの「世紀の大事業」についての概要を知らされた。朝からテレビでことの成り行きを見守っていた。私の中に「沖縄県」が定着したのはこのときからである。だが、沖縄には他県と違った距離感があった。日本は島国で、九州・四国も北海道だって海で隔てられていてもそれを感じないが、沖縄には感じるのである。隔てているのは、実際にある距離だけでも単に「追加された県」だからでもない「何か」なのである。

先の大戦で、沖縄は日本で唯一地上戦があったところである。日本軍は、日本本土を守るために沖縄を最後の砦とした。おだやかに暮らしていた沖縄を戦禍が襲う。北谷（ちゃたん）に上陸した米軍は、ここから首里城までの10キロを進むために50日もかかった。日本の沖縄守備軍はこの間に、主戦力兵士のほぼ7割、7万4千人を失った。日に1500人近い兵士の死体が転がったのである。
日本軍は、急ごしらえの子どもを含む素人同然の「防衛隊」「義勇隊」「学徒隊」と、軍隊の手伝いに動員された住民で戦った。学徒隊は14歳から17歳、「ひめゆり隊」や「鉄血勤皇隊」「白梅隊」の名が知られている。軍と混在した沖縄県民は、アメリカ軍の無差別攻撃によって4人に1人が亡くなった。日本の敗戦で、アメリカの占領下に置かれた沖縄は、土地は取り上げられ、基地が造られ、日本でありながら「外国」になってしまった。そして、日本に復帰しても、基地問題は何も解消されていない。

私が沖縄に「距離」を感じるのは、たぶん、戦争で強いられた苦難と27年間も「日本ではなかった」という他とは違った歴史があるからではないのか。自分自身が、それをなかったことにできないと思うから、いつまでも46が47に置き変わらないのだ。今は「46プラス1」でよいと思っている。

（2022・3）

殿のお国入り
―八戸藩志和通り―

私が生まれ育ったのは岩手県紫波郡紫波町片寄で、かつては志和村と呼ばれていたところである。

志和村は、南部領が盛岡8万石と八戸2万石の分封の際に八戸藩領になり、藩政の終わる明治までの207年間、盛岡藩領の中にある八戸藩の「飛び地」であった。だから、私どものお殿様とは、盛岡藩の南部家ではなく八戸藩の南部家なのである。

その16代当主・南部光隆公が、12月5日、志和地区生涯学習推進協議会と紫波町志和公民館共催の「つどい」においでになり、「八戸藩南部家の歴史」を話すという。当主が、八戸からはだいぶ遠いここまでおいでになることはめったにないだろうし、話も聞きたいと思って出かけた。

今のお殿様は埼玉県上尾市に住む。講演会であちこちを回るとよくたずねられるのが、「お金持ちですか?」と「殿様で得なことはありますか?」なそうだ。

それには、「曾祖父が子どものころは、顔を洗うことも歯みがきも女中さんがやってくれていたそうです。晩年、施設に入って介護の人にそれをしてもらって亡くなりましたがね」と冗談めいた話で応え、「土地は東京を含めて結構あったようだが、職を失った家臣の面倒をみるために土地を切り売りしてその費用をまかなった。だから、もうありません。自分は、東京に住みたいと家を探したが、自分の給料で買える家は都心からどんどん遠くなり、大宮よりも北の上尾になってしまいました。まだ住宅ローンが10年近く残っている49歳の銀行員です」と答えながら自分を紹介した。

当主になって得することはなく、その時代に年貢を納めて藩を支えてくれた領民に感謝するだけのために当主になったようなものだと言い、自分は三男。兄ふたりは男の子がいないとか病弱で結婚していないとかで、自分が当主を継ぐことになった。幸い自分には長男がいて、17代目を継いでくれるかもしれないが「バカ殿」になるかもと言って笑わせた。

南部氏の先祖は源義光で、「後三年の役」後に甲斐国（山梨県）に根をおろした。源頼朝が奥州藤原氏を攻めたときの戦功で糠部（ぬかのぶ）五郡（現・八戸中心の北奥羽地方）を賜り、義光の子孫・南部光行が移住してきた。その後、南部氏は不来方城以北・青森県全域まで勢力を広げ、慶長５（１６００）年の関ヶ原の戦い後には稗貫と和賀郡が領地となる。その間に津軽藩が独立して、北奥羽は津軽・佐竹・南部氏の領地に落ち着く。

寛文４（１６６４）年、南部重直公が跡継ぎを決めずに急死したため、幕府は藩を分封して弟ふたり、重信と直房に継がせることにした。新たに生まれる八戸藩は直房が治めることになり、その領地配分の協議で、当時の三戸と九戸郡、そして志和郡下の４か村が八戸領になったのである。

なぜ、ここが選ばれたかは分からないが、分封による藩士２５１人と足軽２４９人を養う禄を補うためであったことは間違いないだろう。八戸藩は山間部と「やませ」が吹く沿岸部が主な領地であったから米の取れる土地がどうしても欲しかった。だが、盛岡藩としても米どころの地を手放したくない。どうも野辺地あたりを分け与えようとしたようだが、あそこも米が取れない。盛岡藩にも八戸領内に欲しい寺院があって、どうしてもそれが欲しいために八戸藩の要求を飲まざるを得なかったのではないか、と当主は言う。

いずれ、「江戸藩邸の台所米は、ここから郡山（日詰）までは馬の背で、そこからは船で北上川を下って江戸まで運んだ。江戸で暮らす藩士はみな志和の米を食べていたはずである。この地区のみなさんにお礼を申しあげる」と頭を下げた。

分封が対等だったとはいえ、本藩に囲まれた「飛び地」は「支藩」のようなものであった。村は何かと蔑まれ差別されてきた。その最たるものは米づくりに欠かせない水の配分であった。村を流れる唯一の原始河川「滝名川」の本流は志和村を流れるが、盛岡藩を通る支流・高水堰はその7割を取水していた。盛岡藩と八戸藩の農民による「志和の水けんか」と呼ばれる水の争奪戦は、山王海ダムのできる1952（昭和27）年まで続くのである。

写真【八戸藩志和代官所跡】

私が盛岡藩になんの思い入れもなく、どちらかと言えば冷ややかに見てきたのは、八戸領であったゆえに差別や苦労を聞いて育ったからだろう。かといって、八戸藩に親しみを持っていたわけでもない。ただ遠い存在でしかなかった。

だが、当主の話を聞いているうちに、なかなかよいことを話す心がけのよい殿だと好感がもてた。そして、藩主がこんな遠い「飛び地」に来られたことが過去にあったろうか。あったとしても、領民に直接話しかけたことはどうだろうか。もしかして、この地の者にとっては殿の初のお国入りではないのか。と、そんな思いになっていた。

講演は休憩なしの2時間近くに及んだ。話を聴いているうちに、領地見回りに出たお殿様が農民にねぎらいのことばをかけているどこかの時代劇シーンが思い浮かんで、自分がその百姓衆のひとりになっていたから不思議である。

（2022・4）

銭形平次

代表作『銭形平次捕物控』の作者・野村胡堂（1882〜1963）は、私が生まれ育った町内（紫波郡紫波町）の出身で、高校の先輩でもある。それを知ったのは高校にはいってからだったが、物語の主人公・銭形平次はもっと前に知っていた。何で知ったかははっきりしないが雑誌「冒険王」か「少年画報」の漫画だった気がする。

他県で勤務していたとき、「生まれは？」と聞かれたら「盛岡の南、紫波という町で、銭形平次の親が生まれた地です」と応えようとしていた。たぶん相手はテレビの銭形平次しか知らないから、「親が出てきますか？」とか「その役はだれがやっています？」と反応してくれれば、さっそく胡堂と紫波町の話をするつもりでいたのだが、そういうことはまずなかった。

胡堂の人物像を知ったのは『胡堂百話』という著書を読んでからである。幼いころから

中学時代へ、そして新聞記者から作家へ、さまざまな思い出が軽妙な短文で綴られた随筆集である。本は1959（昭和34）年に発刊されていたが、私が読んだのは1981（昭和56）年の文庫本だった。

報知新聞の社会部長であった胡堂は、岡本綺堂の「半七捕物帳」のようなものを書こうと構想を練っていた。そのとき、会社の窓から「錢高組」の看板が見えた。語呂がわるいから名を「銭形」にし、「水滸伝」に出てくる飛礫（つぶて）の名手をヒントに、投げ銭を得意技にした。いつも持ち歩いて投げられるもの、それが「四文銭」だった。ただ、思いついたのは名前が先か得意技の投げ銭が先か、どっちだったかはよく覚えていないという。「捕物帖」としないで「捕物控」にしたのも、奉行所にある公文書のようなものより、手控えのほうが詳しいことが書いていると思ったからだといっている。

社の部員からは、平次とガラッ八の八五郎とは親分と子分の関係にはみえない、どうみても部長と部員の関係だと冷やかされる話にも、部下から慕われた彼の人柄がうかがえる。

胡堂は、「私の先祖は農民一揆に加わっているはずで、その血筋か、どうしても武士が好きになれなかった。だから、主人公を武士にしなかった」という。物語の平次は、下手人を捕らえてもその事情を聴いて何度も逃がしている。平次の人柄をよく知る南町奉行の与力・笹野新三郎も、そのあたりを察して「平次。またしくじったな」と大目にみてくれる。人情にもろい平次と作者の人柄が重なってくる。

「銭形平次」といえば、長く続いた大川橋蔵主演のテレビ時代劇が思い浮かぶ。この文庫本を読んだときから、作者の人柄とテレビの作品に違和感を覚えた。テレビでは、都会風に洗練されていて、人間臭さが出ていないのだ。テレビ用の脚本だから仕方のないことかもしれない。と、そんなことを書いた私の文章が地元新聞に載った。その後、大阪の銭高組から、社史の一部（コピー）が送られてきた。そこには銭形平次の名の由来と、記念館の工事を請け負った経緯が書かれていた。

今、私は「野村胡堂・あらえびす記念館」の理事として運営に係わっている。それも何かの「縁」なのか。

（2022・6）

辞世の句

明日ありと　思う心のあだ桜　夜半に嵐の　吹かぬものかは

散る桜　残る桜も　散る桜

一首目は、親鸞聖人が詠んだもので、次の句は、良寛和尚の辞世の句といわれる。どちらもサクラを詠んだものだが、親鸞は、明日があると思い込んでいる気持ちは、いつ散るかわからないサクラのようなものだ。夜に嵐が吹こうものならはかなく消える。良寛は、サクラの花は皆散る運命にある。人も、後先はあっても皆死ぬ。あえて自分の死を云々するにはあたらないと言い残した。

どちらも、限られた「いのち」をいかに充実させ、悔いのないように「生きるか」が大切で、その死よりも、どう「生きたか」が問題だといっている。

「風雪に　耐えて五年の　八重桜」

この句はどうだろうか。冬と春の季語が2つも入っているが、素人の私にはその善し悪しは分からない。ただ、素直に読めば、東日本大震災の津波で海水をかぶったサクラが、風雪に耐えて5年後にようやく咲いたとも読めるし、その災害から5年経って生活が落ち着き、やっとサクラを愛でることができる心境になったとも解釈できる。だが、そうではないようだ。その句の意味を、詠み人本人が説明している。

2017（平成29）年4月15日、安倍晋三首相が主催する「桜を見る会」が都内の新宿御苑で開かれた。招待客は1万7千人。首相は開会のあいさつで、風が強い天候に触れ、「自公連立政権は風雪に耐える政権だ。常に逆風の5年だった」と述べ、国会で野党から追及を受けている「森友学園問題」を念頭に、「特に今年の前半は本当に風雪に耐えている。今日見る八重桜はひとしおだ」と語った。そして、この句を披露した。

残念だが、風雪に耐えたのは八重桜でも震災の被災者でもなく、詠み人である安倍晋三首相、私だと言っているのである。国民からいろいろ批判されたことを「風雪」と呼び、それを耐えた本人を「八重桜」にたとえた。少々図々しいと思うが、主客転倒、風雪に耐えているのは我々のほうで、たとえられた八重桜も苦笑いだろう。

この方、サクラを見ると一句詠みたくなるようである。２０１５（平成27）年にも、官邸の桜の下で記者団に一句披露している。「賃上げの　花が舞い散る　春の風」であった。賃上げが散ってはいけない。これは、俳句というより川柳である。もっとも、披露した後で本人が「おそまつ」と付け加えてはいるが。

ある人が、平成29年の句に皮肉まじりに下句をつくって短歌にした。

「（風雪に　耐えて五年の　八重桜）　明日は咲くのか　散りゆく花よ」

風雪に耐えた八重桜が、奇しくも5年後の7月8日銃弾に散った。もしかすると、この句が「辞世の句」になるかもしれない。その死を悼みはするが、良寛和尚が言い残したように、政治家はその死よりも生前に行ってきた政治が問題にされるのである。

（２０２２・９）

あなただけには……

言われていることが正しくても、「お前にだけは言われたくない」と思うことがある。言う相手が上司や「偉い人」だと腹の中に納めてしまうが、気心の知れた仲間だったら、冗談半分皮肉半分で口にすることもある。

会議の時間にしょっちゅう遅れてくる上司が、たまたま遅れてきた部下を叱る。いつもルールを守らないのに、「みんなで決めたことは守るように」と念を押す。そんな、自分には甘く部下には厳しい上司はどこにでもいるものだ。そんなとき部下は、「お前にだけは言われたくない」と腹の底で思っているはずである。

このことばを、もう少していねいに言い換えれば、「あなたに、そのような発言をする資格があるのでしょうか」となる。「何を言われたか」より、「だれが言ったか」なのである。信頼のできる人、尊敬する人から言われると素直に聞き入れるが、そうでない人がどんなに正しいことを言っても受け付けなくなる。人は、その人を知ってくると、一定の「評価」をする。厳しくいえば「審判」ともいえるが、そのうえで、コミュニケーションをとろうと考えるから、なかにはそれを拒否する人だって出てくるのだ。

岸田文雄首相が、「国を守るのは国民の責任だ」と国会で演説した。自民党は「国民の国防義務」を憲法に書き込みたいらしいが、現憲法にそのような条項はない。一般論として言ったのかもしれないが、その後すぐに、「我々の責任」と官房長官が訂正した。国を守る責任は、国にも国民にもあるとしたのである。だが、「国民の責任」を「我々の責任」に言い換えたところで、意図はほとんど同じだ。

ロシアがウクライナを侵略して1年。ウクライナは、今も、ロシア軍と戦っている。ウクライナの憲法第65条には「国民は法に従い軍務につく」とはあるが、連日報道されるそれを見聞きする限り、ウクライナ国民は義務だから戦っているとは思えない。ある者は志願して武器を持ち、国と軍を支援する国民の意思も折れてはいない。

国を守るということは、命がけで国を守ろうとする国民の意志がどれだけ強いかにかかってくる。そこには、国家と国民の信頼関係が決定的である。それが国防の本質のような気がする。逆に、信頼できない国からそれがあなたの責任だと言われても、国民は素直に受け入れられないものではないのか。

今、政権の支持率は3割位なようだ。

国を守るために防衛費を大幅に増やさなくてはならない。税金と社会保険料は増え、行政サービスは減るが、国民には納税と法律を守る義務がある。そう言われて「はい、そうですか」と受け入れる人が、3人にひとりはいるだろう。だが、あとの人はどうだろうか。私のように、文句のひとつも言いたくなり、腹では「それを、あなただけには言われたくない」と思ってはいないだろうか。

（2023・3）

「書」と「署名」

文字を書くのが苦手である。縦書きでも横書きでも真っ直ぐに書けないし、一字一字もバラバラである。今は、はがきでも封書でもほとんどワープロで書いている。だが、どうしても手書きをしなければならないときがある。葬儀の受付で記帳するときなどがそうだ。自分の手元を受付の人にじっと見られていると、緊張で手が震えてますます下手な字となる。サインペンならまだしも、筆ペンだったりするとなおさらである。

ヨーロッパには、文字の上手、下手の概念がないそうだ。文字は意思伝達と記録するためのものと割り切っているからである。

東洋の漢字圏には、文字の美しさを表現しようとする造形芸術がある。書体も、草書・行書・楷書などがあり、ワープロには、明朝・ゴシック体など、さまざまなフォントがずらりと並ぶ。毛筆で美しい文字を書く「能筆」の技術を習得しようと集中力を養い、精神の鍛練や修養に励むのが「書道」である。文字や書体などを通して自己表現をするものだから、その作品はデザインでありアートでもあり芸術なのである。

中国が起源である「書道」は、２００９年に、ユネスコの無形文化遺産に登録されたが、日本の書道も歴史が古く、基礎を築いた「三筆」の一人、弘法大師（空海）は、「弘法も筆の誤り」とか「弘法、筆を選ばず」のことわざを残した。和様書道の大家である「三蹟」の一人、小野道風の名も有名である。

日本には漢字、平仮名があり、それぞれに美を求め、それを極めようと多くのひとが「書道」を学ぶ。そして、人はそれを鑑賞しようと書道展に足を運び、部屋にはこぞって「書」を飾る。日本では、だれもが美の観点からも「書」を見る。それゆえ、ヨーロッパとは違ってどんな書でも上手、下手、きれいとか味があるとか評価されてしまう。それは日本人の宿命みたいなものかもしれない。

かつて、書類には「記名捺印欄」があって印鑑を重視していた。今は、「署名欄」となって自書重視である。自書には、他人にはまねのできない文字の書きぶりと筆跡の特長、「書風」というものがある。いわゆる「書き癖」である。自書自体が、唯一無二の「書体」であり「書風」であるから、本人であるか否かは、署名のほうが確実なのである。

署名は美しさとは何ら関係がない。だから自分の署名は「下手でもよい」と、それこそ「下手な言い訳」で開き直っている。だが、急いで書くハガキや手紙、伝言メモとなるとそうはいかない。そのあたりがうまく割り切れていない。

自分の名前は一生書き続けなければならないものだ。「書は人なり」ともいうし、欧米のサインだって独特の味がある。自分の名前ぐらいは下手でもよいから「味」のある字で書きたいと署名するたびにそう思うのだが、この歳になればもう手遅れだ。

（2023・4）

「的」と「感」

テレビの街頭インタビューで、意見を求められた若者が「私（わたし）的には」と前置きして応えているのを目にする。たまに、ワイドショーでもコメンテーターも口にする。国会では大臣が「スピード感をもって取り組みます」と答弁している。

この「的」は、「この服、サイズ的にはちょうどいい」というのも同じで、「私には」とか「長さは」と言い切らずに主体をぼかした「若者ことば」で、２０００年の「流行語大賞」トップテンに入った。使われはじめて20年以上にもなるが、国語辞典にも載るようになったから、定着してきているということだろう。

漢字の「的」は、的確という熟語があるように「明らか」という意味で、「的を射る」の「まと」にも使われている。「○○的」とは「そのものではないが、それに似た性質を持つ」ということで、意味をぼかしてあいまいにする効果がある。

国会で、首相や大臣が取り組んでいることをあれこれ並べたてて「やっている感」を出し、「さらにスピード感をもって取り組む」と答弁する。こちらの「感」も、単に雰囲気を出すために使って「やっているふり」と「スピードを出すふり」をしているように見えてしまう。「異次元（の少子化対策）」も、（のようなもの）と、あいまいなぼかしである。それは、ごまかしといってよいかもしれない。

先月、広島でG7サミット（主要7カ国首脳会議）が開かれた。それに先立ち、岸田首相は「サミット参加国は、日本と同じ、自由と人権、民主主義と法の支配という共通の価値観を持つ国だ」といっている。その「共通の価値観」だが、私には、その真逆のことを行っているのが今の政権ではないかと思ってしまう。

2023年2月3日、国連の人権理事会は、日本に人権救済機関の設置、出入国在留管理施設の医療体制と収容の長期化の改善、性的マイノリティーへの差別の解消、同性婚の合法化、政治や経済分野への女性参加の促進などを求める勧告を出している。

5月3日には、「国境なき記者団」が「報道の自由度ランキング」を発表、日本は主要

7カ国（G7）の中では依然最下位である。

マスメディアを「偏向」だと脅して支配し、国民の声には耳を傾けず、国会を軽視してさらに国民負担を押しつける。法の解釈を勝手に変え、政治家の不祥事も後を絶たない。法の支配どころか、それを破壊しているのが今の政権ではないのか。自由と人権、民主主義ということばを臆面もなく言えるものである。

岸田首相のことばは、「私（わたし）『的』には、日本という国は、自由と人権、民主主義と法が支配する国で、それを守っている『感』のあるのが今の政権だ」と言っているように聞こえて、まるで他人ごとのような軽さを覚える。

政権の「ぼかし」と「あいまいさ」は危険である。それが「やっている感」の雰囲気をつくりだし、国民には「頑張っている感」に映って、その問題点も対立する相手の主張さえ、あいまいにぼかしてしまうからである。

ある人は、この「あいまい表現」の流行（はやり）を、「社会の液状化現象」と呼んでいる。


（2023・6）

味覚

社会人になってからの昼食は、ほとんどが外食であった。58歳で妻を亡くしてから22年、それは今も続いている。

生まれて25年間は岩手に住み、転勤で仙台に。17年間は宮城に住んで、その後、東京3年、広島4年、栃木4年と渡り歩いて52歳で岩手に戻ってきた。食に関しては好き嫌いがなく食に執着しない質（たち）だから、昼食はいつも同僚まかせで彼らについて行くだけだった。「今日は、○○の定食にしましょう」と言われると「そうだな」。「○○ホテルの中華にしましょうか？」と聞かれると「そうしよう」と応えるだけだから、どこでも不自由は感じなかった。それだけに、その地で何を食べてこれが美味しかったという記憶があまりない。思い返しても、本当に少ない。

仙台では牛タン定食をよく食べた。東京では職場が国会議事堂の近くで食堂が少なく、だいたいがホテルの中華料理だった。広島ではうどんと海鮮料理が多かったが、水槽で泳ぐイカ一杯をすくい取って焼いてくれる定食をよく食べた。栃木での記憶はいくら思い出そうとしても出てこない。

どこでも、日本蕎麦は食べていた。日本には蕎麦圏とうどん圏があるようで、広島では探すのに苦労するほど日本蕎麦の店が少なかった。その広島から栃木に転勤になったとき、栃木の蕎麦つゆが、えらくしょっぱいと感じたものだった。店のひとに頼んでお湯で薄めてもらったこともある。うどんの薄味に慣れていたからだろうが、それもすぐに気にならなくなった。栃木から盛岡に戻ってきた直後も、盛岡はさらに味が濃いと感じた。東北地方の人たちは塩分を摂り過ぎるといわれているのも、もっともだと思ったものである。だが、さすがに、「薄めてください」とは言えなかった。

命がけで食べ物を探していた私たちの祖先は、味覚など五感を発達させて食べてもいいのかどうかを判断してきた。食べ物の見た目や形を眼で確認し、次に鼻で匂いを嗅いで調べ、最後に口の中で味を感じて飲み込む。味覚というのは、「食物の安全を確かめる最終の生体センサー」なのである。だが、食べられるものと知っていても初めて経験する味ではつい吐き出したりするが、食べているうちに好きになったりもするものである。

私に好き嫌いがないといっても、イナゴの佃煮は2度ほど食べたことがあるが、それっきりで好きという感覚はない。蜂の子やカイコ、ザザムシ、最近はコオロギの佃煮もあるようだが、匂いとか味より先に、見た目だけでおじけづく。けれども、それらも商品として売られているから好む人だっているのだ。その人だって、最初はおそるおそる食べ、意外と美味しくそれが「癖」になって食べられるようになったに違いない。たぶん、そうだ。

中国地方から関東へ。関東から東北へと移るたびに蕎麦汁の塩分が濃くなっていた。今では、たまたま入った店で味の薄さにもの足りなさを感じることがあるから、味の好みもほとんど「慣れ」なのである。

塩分を摂り過ぎると、高血圧・脳血管と心血管障害の危険が増し、東北にはその疾患者が多く死亡率も高い。それは、寒さに対して体を保温するために多目の塩分が必要だったことと、1000年以上も続いてきた食材を塩で保存する風習によるようだ。

今、醤油・味噌・梅干し・漬け物などの食材に「減塩」の取り組みを見ることができる。だが、東北人の味覚が「薄味」に変わるのは、たぶん、世代をまたぐような長い時間を要するだろう。

なぜなら、味の違いは食べ比べてみないと気づかないものであるし、慣れた味がいちばん美味しく感じるものだからだ。

（2023・12）

VI

悩むな、考えろ

常識を超える

2019(令和1)年10月12日19時に伊豆半島に上陸した台風19号は、関東地方と福島県を縦断、翌日12時に三陸沖で温帯低気圧に変わった。東日本中心に大きな被害をもたらしたこの台風、岩手県の沿岸地域に被害が集中した。

盛岡での瞬間最大風速は26・7メートルであった。気象庁の表によれば、風に向かって歩けなくなり転倒する人も出てくる。電線が鳴り、看板やトタン板が外れ、屋根材が剥がれ始める。高速運転中の車は横風に流されるようになる。そんな強さである。盛岡でも盛岡城跡公園のヤナギやウメの木が倒れ、わが家のサワラ1本が大きく傾いた。

台風19号と聞けば、「平成の台風19号」を思い出す。

この台風は、1991(平成3)年9月27日(金)午後4時、九州佐世保に上陸し、山口県をかすめ日本海を北上して28日の朝、北海道に再上陸した台風で、雨の量と風の強さでは戦後5位にあたる台風だった。青森県ではリンゴの80%が落ちたことから「りんご台風」の別名がある。

このとき私は広島県に住んでいた。広島での瞬間最大風速は58・9メートル。青森でも53・9メートルを記録しているから、ほとんど勢力を落とさず列島を縦断したことになる。風を切る庇（ひさし）が叫び、電線がうなる。体当たりするように風が建物を震わせ、吸い上げられる屋根のトタンがむせぶように鳴る。飛んできた何かが建物に当り、転がるポリバケツの音がする。気圧の変化で部屋の空気が不気味に流れ、レースカーテンを揺らす。家族はなにも手に着かず、部屋の中をうろうろするだけであった。

保険会社の損害調査部門にいたので、翌日から建物の風災、水災、車両の水没、塩害調査に1ヵ月ほど駆けずり回った。そのとき、防潮堤にあたった海水が「塊」のまま空を飛んで家屋に落ちたとか、海岸から4キロも離れた窓ガラスに海藻が張り付いていたなどの話を聞いた。芦田川河川敷にある駐車場の車が流され、海水をかぶった車にサビが出てきたなどの相談を受けた。

この台風で、厳島神社の重要文化財「能舞台」が倒壊し、檜皮葺（ひわだぶき）の屋根が飛んだ。海水のしぶきで電線に塩分が付着し、漏電火災が多発した。中国山脈まで飛んだ海水が山すその竹林を白く枯らした。「塩害」ということばを知ったのもこの台風だった。

台風発生の大きな要因は、地球温暖化が進んで海水温が上昇しているからで、これからの台風は風も雨量も「常識」を超すであろうといわれていた。

そのとおり、令和になって襲ってくる台風は雨も風も「常識」を超えている。だが、「今まで経験したことのない」大型台風だとか豪雨だと警告されても、それがどの程度なのか人は容易に想像できないものである。なぜなら、常識は経験則だからである。

今の気象予報は昔よりずっと正確である。命を守る術（すべ）として、進路、気圧、風速、雨量などの情報から、想像力をはたらかせる周到さがより必要である。

（２０１９・11）

「呪い」の時代

真夜中にひと目を忍んで、わら人形に五寸釘を打ち込む。時代劇映画などで出てくる人を呪い殺そうとする日本独特のシーンである。

呪文や祈祷、特別な言語や呪術をもって行われる呪いの行為は、人間が本来もっている妬（ねた）みや嫉妬、恨みや憎しみなどから生まれるものだ。そもそものような神秘的な手段で人は殺せないから、これで人を殺そうとしても罪には問われることはなかった。

昔は秘かに行われた「呪いの儀式」が、今はネットである。

自身の正体を隠して「大っぴら」にできて効果は抜群。「保育園落ちた。日本死ね！」の書き込みが政治を動かし、国民に我慢を強いておきながら自らが守らない政治家は「上級国民」と指弾される。理不尽な法案にはすぐに反対の署名が集まり、抗議行動もネットの呼びかけで組織される。「いじめ」もネットである。執拗な個人攻撃と呪いが、標的にした者を自殺に追い込むほどになってしまった。「呪い殺す」ことは迷信で不可能だと思っていたが、今は可能になって現実に起きている。呪いの手段もずいぶん「進化」したものである。

それは日本だけのことではなさそうである。アメリカでは、黒人への差別攻撃が顕著になり、それがヒスパニック系からアジア系の人びとにも向けられはじめた。人口比で減り続ける白人が、「数で負ける」恐怖のようなものが背景にあるのだろうが、最近では、アジア系の女性が黒人に襲われるという事件も起きている。ヨーロッパでも同じ傾向だ。この現象は、SNSが普及し、トランプ前大統領がツイッターに書き込んだ「つぶやき」が連日ニュースになったころからである。

それにしても、その行動が極端すぎて私には理解できない。彼らが何かに取り憑かれ何かに呪われているとしか思えない。そこに見えるのは、人種間の憎悪による断絶と人間同士が殺し合う殺伐とした社会である。今まさに、世界中が「呪いの時代」に入っていると私には見える。

だれかを恨んだり妬んだりする心性は、多かれ少なかれ、だれにもある。「あいつがいるから、自分がこんな目に遭った」と恨み、「なんであいつだけがいい思いをするのか」と妬む。それが「呪いの心」で、ふだんは表に現れないものである。だが、我慢しきれず行動に走る者が出てくる。その行動は、復讐の意図をもっているから激しく攻撃的なものになる。

「呪い」は国民の生活が不安定になり、政治のシステムがうまく機能しなくなったことに対する「恨み」の発露なのかもしれない。だとすれば、それが今、我慢できないほど深刻なものになっているということだろうか。

呪う彼らは、なぜ他者の痛みに思いが及ばないのか。「その行為が一見自分のみを愛しているる利己主義から派生しているようにみえるが、逆で、自分を愛することを忘れたからだ」と、内田樹氏（倫理学者・哲学研究者）が10年前の著書『呪いの時代』（新潮社）でいっている。自分を見失っているということだ。

人を呪い殺そうとするとき、呪い返しに遭うことを覚悟しなければならない。古人はそれを「人を呪わば穴二つ」といっていた。

（2021・5）

植物の生き方

日本での新型コロナウイルス感染第1例は、2020（令和2）年1月であった。医学が進歩し公衆衛生が行き届いている日本ではさほど感染が広がらないだろうと高を括っていた。だが、感染は世界中に広がり、日本でも感染の波を何度か繰り返して今に至っている。間もなく2年になるが収束していない。

早い段階で、感染を避けるために密閉・密集・密接、いわゆる「三密」を避けるようにと呼びかけられ、マスク着用、外出自粛が要請された。2020年の流行語大賞一位は「三密」で、その年を象徴する漢字ひと文字も「密」であった。外出自粛は、今は「ステイホーム」と言い換えられているようだ。

「密」にならないように生きてきたのが植物である。一定の空間に健全に生きられる同種の量は自ずと決まるというが、あの草むらを見ると意外である。だが、成長を促すために「間引き」や「間伐」をするからそうなのだろう。

植物は、花の咲く時季、受粉の方法、種子の広め方、実のなり方など増殖の方法も実に多様である。これらは同一条件下で「密」な競争を避け、独自性を発揮して進化したものである。その結果、1年で世代が代わる草類から数千年も生きる樹木まで、地球上のどこにでもはびこるように生きてきた。


動物は、身の危険を感じると逃げることができるが、一生動きまわって食物を探し続けなければならない。植物はその必要がない。地中から取り込んだ水分を全身に送る仕組みと、葉から取り入れた二酸化炭素を太陽の光で光合成する機能を身につけ、生きていくための「食物」は自給自足ができるように進化したのである。刈られても根さえ残れば再生できる術（すべ）も獲得した。

生きものには環境の変化が脅威である。動物にはそれを克服する自

衛手段は少ないが、植物にはある。弥生時代の遺跡から見つかったタネが、約2000年を経て発芽した「大賀ハス」のように、種子で命をつなぐ術である。2000年はまれだとしても、数百年前の種子が芽吹いた事例は数多い。地中で発芽するタイミングを何年も待ち、そのときを見計らって目覚める機能が、あの小さな種子に備わっているとはとても不思議である。

植物は、4億7千万年前に海から陸に上がった。人類の誕生は20万年前である。植物の生きてきた期間を人間が成人になる20年だとすれば、人類は生まれて8時間足らずの赤子である。地球上でもっとも多くの危機を経験している生きものが植物なのである。

「生きものが次の世代へ命をつないでいくために必要なものは、強いものでも頭のいいものでもない。変化に対応できるものである」

と、ダーウィンがいったとされるが、植物は氷河期の時代に交配相手がいなくなっても自分の花粉を自分が受粉する「自殖性」可能な体に自らを「変化」させるなどして生きのびてきた。

植物があってこそ人類の今がある。私たちが生きていくために摂る穀物、野菜、果物は植物で、肉などもたどっていけば必ず植物にいきあたる。おいしい味覚と健康によい成分を供給してくれるうえに花も楽しませてくれるのが植物である。その生き方は、ずっと「動かず」「語らず」「密にならず」であった。

人間はまったく逆の「動き回り」「語り」「密を好む」生きものである。今、コロナ禍で私たちが強いられている生活は「植物の生き方」で、人には苦痛な生き方ではある。だが、自分が変わることができれば苦難は乗り切れると彼らは教えている。

（２０２１・10）

本との出会い

いつかは読んでみたい小説のトップは、トルストイの『戦争と平和』なそうだ。それは、読んでみたいと思いながらいつまでも読めない小説ということでもある。

私もずっと昔に少し読みかけたきりで、その本もどこかにいってしまった。『戦争と平和』は文庫本6冊にもなる超長編で、それにおじけづいて、そもそも最初から読み切る自信がなかった。読み始めても、登場人物が多すぎて覚えきれない。時代背景もよく分からないから理解ができない。だんだん読むことが苦痛になってやめてしまった。それっきりで、私にはとうに「縁のない小説」になっている。

本を読むことは嫌いではない。たまたま読んだ小説がおもしろければ、同じ作家の小説を追いかけて読んでいる。文庫本6冊の超長編小説だって、同じ作家のシリーズものを6冊読むのと同じようなものではないかといわれそうだが、どう説明したらよいやら、それとこれとは違うのである。

たまたま読んだ小説が大きな賞をとることがあっても、有名になった受賞作を急いで読もうという気にはならない。多分に、その後の書評やらを読んでいるうちに、読んだ気になって興味を失ってしまうような気がする。とはいっても、大方の本は雑誌や新聞の書評を読んでから買っているから、それとも矛盾する。流行には飛びつきたくない。読みたい本は自分で探す。そんな、へそ曲がりなところが自分にはある。

小説の読み方というものがあるようだ。

「小説はあなたのためだけに書かれていないから、読めないものを無理に読んでも意味がない。今は縁がなかったと思ってやめなさい」と突き放す人もいれば、「分からないところは飛ばして読み、作品の全体像が見えてくれば、再読で分からなかったところも分かってきます」とやさしい人もいる。

「小説は説明と描写、そして会話から成り立っている。一回読んで、会話が良いとか描写がすばらしいとか、自分の好みをみつけなさい。そして、ていねいに再読することです」とか、「気に入った作家の作品をどんどん読みなさい。そうすれば、次第に読む力がついて他の作品も読めるようになる。そうなったら挑戦しても遅くはない」と親切な人もいる。なかには、「長編小説を読むことは、登れそうもない絶壁をいろいろな手がかりを得てよじ登るようなものです。読み切ったあとに、あなたは思いがけない宝を得ることがあります」とあえて読む苦労を勧める人もいる。

いずれ、2度か3度読めば分かるといってはいるが、短、中編ならともかく、1度も読めないでいる長編を私が2度も読めるわけがない。

『戦争と平和』をいつ知ったかはっきりしないが、あまりにも有名で、なんども目にし、聞かされてきた。それで読む気を失った。といったところで、それは自分の思い込みで、しょせん「ごまめの歯ぎしり」である。では、これから先、読む気があるのかと問われるとトルストイには申し訳ないが、それは「ない」と答えるしかない。これも言い訳でしかないが、視力・体力・気力が落ちているからである。

「人生は、出合いの連続である」といっているように、本との出合いも自分の好みと偶然出会うものである。それを「縁」のようなものだといっていることに、私はとても納得するのである。

私には『戦争と平和』は縁がなかったということである。

（2022・6）

悩むな、考えろ

「悩むな、考えろ」と、彼女は言う。彼女とは、哲学者であり文筆家の池田晶子さんのことである。著書の『14歳からの哲学』（発刊トランスビュー2003）は27万部のベストセラーになり、全国の学校で副読本として使われたから知っているひとは多いかもしれない。

彼女は、『考える日々』（毎日新聞社1998）でいっている。

「『考える』と『悩む』はまったく違う。考えていると言いながら、ほとんどの人は悩んでいる。きちんと考えていないから、人はぐずぐず悩むのだ。世の人は、考えれば分かるのに『分からない、分からない』と言って頭を抱える。なぜ考えないのか、私にはそれが分からない」

悩み事は、だれにもある。考えても分からないから悩み、答えが出ないから悩むのであって、「普通のひと」はそうではないのか。それを、悩んでいるだけで何も考えていないと言われてしまっては、少々癪（しゃく）にさわるし、腹も立つ。

「私の書いているものは、なんかけんか腰だ」ともいっているが、その通りだ。その言いぐさは、けんかを売っているようにも説教しているようにも聞こえる。理想が現実にならない悩みは、心の問題だとしてしまう論にも同意しかねる。だが、「悩むな、考えろ」といわれると、どこか痛いところを突かれた気にはなる。


しかし、彼女にも悩むことはあったようだ。北海道を旅したときのエッセイ（『考える日々Ⅱ』毎日新聞社 1999）にそれが書かれてある。

釧路湿原で「ノロッコ号」に乗って終点の駅まで行った。列車は30分後に折り返す。それでは湿原を散策する時間がない。次の列車は4、5時間後だという。さてどうしようかと悩んでいると、居合わせた車掌に「悩まないで、考えなくちゃ」と言われる。彼女は、私がいつも言っていることを言われてしまったと苦笑する。

カッコーの音を聞きサギの姿を見て、たっぷり散策を楽しんだ彼女は、決断するのも「考える」に含めていい。しっかり考えて決断すれば、迷い悩めることもうまく悩めるはずだと、言い訳のように「本心」をのぞかせる。

私は、悩まない人より悩んでいる人のほうが好きである。それが人間らしいし、悩んでこそ成長もすると思うからだ。ただ、彼女がいうように決断も考えるうちに入るとすれば、大きな悩みごとも上手に悩むことができるような気がする。

会社の社員から悩みごとの相談を受けたとき、「悩むな。考えろ」と言うことが増えたのはこの本を読んでからである。そのとき「考えたら、決断することだ」と付け加えているが、何度も言われた彼らは「また言われた」とか「言われると思った」と反応する。

彼女は、2007（平成19）年2月23日、46歳で亡くなった。そのときの新聞には、「『存在』の不思議さを問い続けた文筆家」として紹介された。

（2022・11）

「時」を積む

「時は通り過ぎない。積み重なるもの」といったのは、池田晶子（哲学者・文筆家）である。彼女の哲学からすれば、過ぎ去った時間は記憶と思い出からだけ認識され、認識しなかった時間は「無」であるとする。だから、認識された時間、すなわち記憶と思い出だけがその人の「時間」であり、それは時とともに増えていくから、「時は積み重なるもの」といっているようだ。

このことばに出会ったとき、その発想の新鮮さに少し驚き、妙に納得するものを覚えた。時間というものを彼女のように考えたことがなかったし、出社時間、電車の時刻、待ち合わせ時間、約束の期限などは気にすることはあっても、通り過ぎてしまった時間を意識することなどなかったからである。

自分には80年も生きてきた時間がある。その年月を高さとするならば、どれだけの記憶と思い出が積み重なっているだろうか。そう考えると、積み重なった「時間」は驚くほど薄くて頼りないものである。それ以外が全くの「無」だとするなら、自分の人生が小さく見えて、とても寂しくなる。

積み重なっているものがほんの少しだとしても、遠い昔の記憶さえ一枚の絵のように細部までが鮮明に見え、暑さ寒さ、匂いや手触りまでもよみがえるものだ。

田植えのとき、最初に入った田んぼでの素足に感じた水の冷たさと足の裏に感じた土のぬめり。水浴びに行く途中の、肌を刺す日差しと河原に響く瀬音。田んぼのあぜ道を歩くとイナゴが飛びはじける音。こたつに入って、しもやけの手がむずがゆくなるあの感覚と練炭の焼ける匂い。思い出すその光景は、まわりの風景とともに感覚をともなって妙にリアルである。これらは間違いなく積み重なっている自分の時間である。

加藤周一（思想家）が、「美しい時間」というエッセイのなかで、「信州追分の村外れで見た光景が生涯忘れられない。あれは何年の何月だったか記憶にないが、あのときの感覚が今も自分の中に生き続けている。日付のない時間は自分にとっては永遠の時間である」

と、そんな趣旨のことを書いていた。
遠い過去の記憶がいつだったのか正確に覚えていなくても、辛く苦しかったことはなおさら一瞬を切り取った「美しい絵」のように見えるものである。それは、氏のいうとおり、自分の「美しい時間」として記憶され、自分の積み重なった「時」からいつでも取り出せる「永遠の時間」になっているのである。

記憶とは不思議なものである。ずっと残っているものもあれば、あるときひょっこり顔を出したり、イモヅル式に現れたりするものだ。過去の思い出をせっせと文章にしてきた。それは無意識だったが、大事な過去を書き留めて、確かな「自分の時間」として積み重ねる作業だったと気がつく。そして、日々の出来事と心情を文章に書き記すこともその一助なのだと悟る。
過ぎ去った時間は、常に「無」と限らない。思い出したときに、それを確かなものにしておけば、「時」は後からでも積み重ねることができるものなのだ。

（2023・2）

遺影

ほとんどの家の仏間には、額縁に入った遺影が飾られている。近年のものは、ほぼカラー写真である。

わが家でも、22年前に逝った妻、19年前の母、7年前の父と3枚を飾っている。いずれもカラーだから、どうしても経年の劣化で色が褪せてくる。特に古い妻の写真がそうで、だんだん陰が薄くなってきた。別の写真で作り直そうかと考えたが、いつまでも生々しいよりそのままが自然でよいかなと思ったりしている。

私の本家（父の生家）に飾ってある5枚ほどの遺影は、すべて墨で描かれている。どれも、ひと目ではモノクロ写真と見間違うほど精密な肖像画である。生前の写真を模して描いてもらっていたというが、昨年のお盆に線香をあげに行ったとき、主人が、その絵師が亡くなって「描いてくれる人がいなくなった」と嘆いていた。

日本で遺影を飾るようになったのは、写真技術が入ってきた幕末以降で、広まったのは日露戦争後である。古い家の長押（なげし）に飾ってある昔の遺影は、だいたいが死地に向かう凜々しい軍服姿の写真でセピア色になっている。

遺影用の写真を生前に用意しておくのも「終活」の一項目のようだ。たしかに、葬儀の準備で慌ただしいときに、葬儀社から遺影の写真を急かされるのもつらいものだ。アルバムがあれば、その中からなんとか探し出して複製できるだろうが、私のようにもう30年近くもパソコンに保存していると、それを探し出すのにまず苦労するだろう。それも、そのなかに自分が写っているものは数少ないからなおさらである。

では、前もって用意をするか、と問われると返事に困る。私は写真を撮るのは好きだが、撮られるのは大の苦手である。なぜ苦手かと詰められるとこれも困るが、白状すると自分の顔に自信がないからだ。

「40歳を過ぎたら自分の顔に責任を持て」といったのは第16代アメリカ大統領リンカーンで、日本のノンフィクション作家であった大宅壮一氏は「男の顔は、人生の履歴書である」といった。人間40年も生きていれば、その人がどのような人生を歩み、日々何を考えどう行動してきたか、その積み重ねが顔ににじみ出てくるというのだ。品性や知性までがそっくり顔に表れるというのだから、とても恐ろしくてますます遠慮したくなる。

40年の倍も生きてきたこの顔に、今でさえどう責任をとったらよいか分からないのに、死んでからも苦労もなしにのんべんだらりと生きてきた顔を晒すのは、とても恥ずかしくて困るのである。

日本で肖像画が描かれるようになったのは、主に鎌倉時代に「似絵」がはやってからで、それも高貴な人のものばかりである。身なりで公家か君主、武将や僧侶だったと分かるが、顔つきは今の「似顔絵」とはほど遠い。江戸時代の浮世絵や歌舞伎絵だってそうだ。西洋は油絵である。それらは古くても色褪せずにしっかり残っているから、遺影として後年に残すには、油絵もしくは墨か顔料で「写実的」に描くのが理にかなっている。

テレビで『水戸黄門』などの時代劇をみていると、ときどき墨で描いた「御手配人相書」が出てくる。下手人の情報を賞金つきで募って高札場に貼り出されたものや、関所の役人が旅人の顔と

見比べて吟味する例の手配書だ。

劇中のそれは、うまく人物の特徴をつかんで描いていると感心するが、どれもホンモノより美男美女に描いているような気がする。自分も、その人相書のように少しだけ美男に描いてくれる絵師がいたら、ぜひ、頼みたいものである。それを日本画風に色づけして、私がまあまあ納得するような「肖像画」に仕上げてくれたら、それを「遺影」にするのも一興かな、とまじめに考えている。

それなら恥ずかしくもないし、色褪せもしない。


（2023・5）

年の始まり

年が明けた。皆、年の区切りをつけて、新しい年を迎えたことだろう。私は80回目の「年の折り目」となった。折り目とは、折りたたむときにできる境目のことだが、昔の人は節供や節日の行事を指していた。それが物事の区切りやけじめ、「折り目正しく」と行儀作法などを指すようにもなった。古風で好きなことばである。

年初の楽しみは年賀状だろう。お互い生存を確認し合うだけのものなっていても、もらうと嬉しいものである。私は旧暦で出している。なぜかといえば、この時季に「迎春」とか「新春」は早すぎるからと、それなりの理屈はあるが、じつは、ある年の暮れに多忙にまぎれて年賀状が用意できなかったからである。それがきっかけで、以来、20年近く旧正月に出している。

旧暦だと季節も合ってくるし、いただいた方には間違いなく返事が出せるという利点もある。ひと月遅れの賀状だから、少しこだわって凝ったものにしている。今では、「旧正月の賀状待っています」とリクエストを兼ねた賀状をいただくこともある。今年の旧暦元旦は2月10日だから、準備はこれからだ。

現在の暦（新暦）になったのは、明治6（1873）年1月1日からで、すでに150年近く経っている。旧暦で生活していた人はもういないし、それを気にする人もまずいない。気にしているのは、旧暦元旦に賀状を出すへそ曲がりの私ぐらいであろう。だが、旧暦の名残は風習や行事のなかに色濃く残っている。日本人は、1200年以上もの間、旧暦で暮らしてきたから当然のことである。

旧暦は、月の満ち欠けを元にしている。1日は朔日（さくじつ）の新月から始まり、しだいに月が満ちて15日に望月（もちづき）の満月となる。それから月は欠けていき、再び新月となって1ヵ月が終わる。

ひと月は新月から始まるが、一日の始まりはいつからだろうか。ほとんどのひとは「午前0時」と答えるだろう。では、「きのうの晩」とはいつの時間帯かと聞かれたら、どう答えるだろうか。お盆にご先祖様を迎えるために「迎え火」を焚くが、なぜ夕方なのか。お祭りは宵宮から始まるが、なぜ朝からではないのか。

皆は、昔からそうだったと答えるだろう。そう、遠い昔からそうだったのである。これは柳田國男をはじめ多くの学者が認めていることだが、昔の日本人は、一日の始まりは日没からと認識していたからである。だから、「一昨晩」を「きのうの晩」と呼ぶ風習が残り、祭礼は「一日の境」である夕刻から始まるのである。その夜は寝ずに神と酒食を共にするのが常で、「火祭」などもそれによって発達したのだそうだ。「歳神様」を祀る正月もその通りである。大晦日の夕餉（ゆうげ）を「年越し」といい、それが済むとそのまま神社に詣でるのもその名残で、当然、「初夢」は2日目の晩になる。

旧暦であろうが新暦であろうが、「年の境」を神事のように「折り目」をつけて過ごす。この「儀式」のような過ごし方は、日本人独特の優れた精神文化で、長い歴史のなかで育まれてきたものである。近年は、大騒ぎで新年を迎える人たちも多くなって、「折り目」がなくなっているようだが。

（2023・12）

解けない「疑問」
―「日本航空ジャンボ機１２３便」の悲劇―

１９８５（昭和60）年８月12日（月）午後６時58分30秒。羽田発大阪（伊丹）行・日本航空１２３便が群馬県多野郡上野村の御巣鷹山に墜落し、乗客乗員５２４名中５２０名が亡くなった。この『日航ジャンボ機墜落事故』は、単独事故としては航空史上最悪の惨事であった。

＊＊＊＊

35年前のその日は暑い日で、私は出張で東京から仙台に来ていた。４日前、仙台近郊で農薬散布のヘリコプターが電線に触れて墜落、パイロットが負傷、機体が大破するという事故があった。その現場調査と機体の損傷確認のためであった。

調査を終えて東京に戻る途中、仙台駅で『日本航空１２３便大阪行が行方不明』というニュースを聞いた。（行方不明？）天気は快晴、日没直後だがまだ明るい。飛行機は地上とコンタクトを取って飛んでいるはずだし、レーダーでも捕捉しているはずだ。離陸して間もないから近くにいるはずだ。なのに、行方不明とはどういうこと？ そう思いながら電車に乗った。

後で、「レーダーから消えた」ということだったのかと気づいたが、それでも妙に違和感があった。

―定まらない墜落現場―

東京に戻って見た夜のテレビニュースでも闇の中に燃え上がる炎の映像を映している。アナウンサーは「ここが墜落現場らしい」「場所は群馬と長野の県境あたりらしい」と言う。映像を撮っているヘリがいるのに、なぜ「らしい」なのか、公式発表がないから言えないのか、それもよく分からなかった。

翌早朝、どのテレビチャンネルも取材ヘリがとらえた御巣鷹山の現場映像を流していた。どうやら現

日本航空123便の飛行経路

「操縦不能」と交信
「ドーン」という音

場も確定したらしい。テレビは乗客５０９人と乗務員15人の安否を問うている。焼け焦げた山腹にはくすぶる煙がのぼっているだけで機体の形も救助の人影もない。

テレビを見ながら私は、航空保険の幹事会社はT社なはずだが、担当セクションはこれからたいへんだろうな。この事故で、会社はどのぐらいの保険金を支払うことになるだろうかと考えていた。不謹慎だと思われるだろうが、大きな事故や災害が発生すればいつもすぐに考える「商売の癖」のようなものだ。

乗客の多くは「旅行傷害保険」に加入し、生命保険もだいたいの人が加入している。一人平均2千万なら５００人で総額１００億円。３千万なら１５０億になる。全社に対する当社のシェアーが10％なら、うちの会社が払う総額は10億から15億ぐらいだろうかと計算するのである。

航空会社はこのような事故に備えて、機体の損害、乗客への損害賠償、救助捜索費用等をカバーする保険に加入している。このような保険は1事故の支払いが巨額になるため保険会社全社が共同で引き受け、ときには外国の保険会社に再保険をかける。契約時の事務処理や事故時の折衝窓口は幹事会社が行う。

その日の昼過ぎ、社内に中間集約だが乗客の33名が当社の顧客であるとの報が流れた。

T社からは「当面の救助捜索費用は日本航空で立て替える」と連絡をもらった。

―人命救助より遺体回収?―

同じころに、生存者4名の報が流れた。今朝の新聞に「全員死亡か?」と書いてあったし、機体の形をとどめないあの惨状で生還者がいたことに正直驚いた。その夜のニュースで自衛隊員に抱きかかえられてヘリに収容される少女の映像が繰り返し流された。搭乗していた歌手の坂本九の死亡も報じていた。

あとで新聞を読むと、墜落現場が確定し公式に発表されたのは9時間も経った翌朝の4時55分であった。

生存者は午前10時45分から相次いで発見され、ヘリで上野村役場に運ばれたのが13時50分だった。そこから救急車で2時間もかかる前橋赤十字病院に運ぶ予定だったが、容態が危険だと医師が判断し、より近い藤岡市の多野病院に運ぶことにした。生存者が病院に収容されたのが14時20分、発見から3時間以上、墜落から20時間も経っていた。

重傷の4人を3時間近くも現場に置いていたのは、生存者発見後に医療班と輸送ヘリを呼んだからだという。なんと手際の悪いことか。

現場に送り込まれた自衛隊の目的は「救助」ではなく、生存者はいない前提で「遺体回収」だったとしか思えない。

― 救助捜索費用の仮払い ―

その週末に、T社が保険金の内払い（保険金の概算先払い）について打ち合わせをしたいと各社の担当者が招集された。

連日、乗客の家族や関係者のためにチャーターしたバスやタクシーが全国から現場に向かっていた。捜索のために組織された多くの消防団員、医療関係者が山に入り、それを支える後方部隊も順次整いつつあった。藤岡市の体育館が遺体安置所にされ、ぞくぞく遺体が運び込まれていた。遺体と言っても、その多くはバラバラになったものを寄せ集めたものだった。そのころになると体育館に集まった乗客の家族らは数千人にもおよび、これらにかかる費用が日に億単位でかかっていると聞いていた。

その費用を日航がいつまでも負担できるとは思わなかったし、いずれ保険で補填されると思えばその先払いを要求してくるのは目に見えていた。やはりそうだった。少ない金額なら幹事会社が支払い最後にそれを精算するのだが、今回は金額の予想もつかないし遺族への賠償金の支払いなど、すべてが終わるまで2、3年はかかるだろう。

そこで、その都度精算したいということで、とりあえずの救助費として分担割合に応じた金額が示され、支払い期日も2日後と決まった。


―生存者は多数いた―


事故から1週間後、生還者の証言が明らかになってきた。

当時12歳だった川上慶子さんは、この事故で両親と妹、家族全員を亡くした。19日、彼女は入院中の高崎国立病院で付き添い人にこう語っている。

「墜落後、隣にいた父と妹も生きていた。長い間（正確な時間は不明）話し合い、励まし合った。最初「大丈夫」と言っていた妹が「痛い、痛い」と泣き、やがて声がしなくなりました」

墜落直後は父も妹も生きていたのである。

大阪の自宅に帰るために乗った日航のスチュワーデスの落合由美さん（当時26歳）は、『墜落の夏』の著者である吉岡忍氏のインタビューにこう答えている。少し長くなるが引用する。

「墜落の直後に、『はあはあ』という荒い息遣いが聞こえてきました。ひとりではなく、何人もの息遣いです。そこらじゅうから聞こえてきました。まわりの全体からです。『おかあさーん』と呼ぶ男の子の声もしました。どこからか、若い女の人の声で、『早くきて』と言っているのがはっきり聞こえました」

「……それからまた、どれほどの時間が過ぎたのかわかりません。意識がときどき薄れたようになるのです。寒くはありません。体はむしろ熱く感じていました。私はときどき頭の上の隙間から右手を伸ばして、冷たい空気にあたりました……突然、男の子の声がしました。『ようし、ぼくはがんばるぞ』と、男の子は言いました。学校へあがったかどうかの男の子の声で、それははっきり聞こえました。しかし、さっき『おかあさーん』と言った男の子と同じ少年なのかどうか、判断はつきません」

「……私はただぐったりしたまま、荒い息遣いや、どこからともなく聞こえてくる声を聞いているしかできませんでした。……もう機械の匂いはしません。私自身が出血している感じもなかったし、血の匂いも感じませんでした。吐いたりもしませんでした」

「……やがて真っ暗ななかに、ヘリコプターの音が聞こえました。あかりは見えないのですが、音ははっきり聞こえていました。それもすぐ近くです。これで、助かると私は夢中で右手を伸ばし、振りました。けれど、ヘリプターはだんだん遠くへ行ってしまうんです。『帰っちゃいや』と言って一生懸命手を振りました。『助けて。だれか来て』と、声も出したと思います。ああ、帰って行く……」

多くの人が生きていたのだ。救助が早かったら救われた命もあっただろう。真っ先に飛んできたこのヘリコプターは、どこのヘリだったろうか。

―消えない疑問・深まる疑惑―

墜落場所の発表が二転三転した理由は、計測した位置の誤差があるため確認作業に手間取った。救助が夜明けになったのは山中で夜間の救助はとても困難で危険だから、と自衛隊は釈明した。そして、どの国でも夜間救助はできないだろうとわざわざ付け足した。

緊急発進した航空自衛隊機F−4戦闘機が現場の上空に到着したのは19時21分。朝日新聞社の取材ヘリは21時6分に着いている。だが、墜落現場を確定したのは翌早朝である。「自衛隊は戦闘集団ですよ。そんないい加減な測定では、味方を撃ちかねませんよ。なにか理由があってそう言っているんですよ」と、それを疑問視する自衛隊幹部も現れた。

この釈明が疑惑に満ちたものだったことが、事故から10年後、123便の近くを飛んでいた米軍輸送機の操縦士・アントヌッチ中尉の証言ではっきりする。

「墜落現場に19時15分到着。墜落地点の緯度経度、方向距離を割り出し横田基地に連絡した。すぐに救難ヘリを向かわせると連絡を受け、上空を旋回しながらそのヘリを待った。到着したヘリから兵士が下降しようとしたとき、基地の将校から『場所は日本側に伝えた。日本が救助に向かうから、こちらの救助活動は中止する。ただちに帰還せよ』と命令が下った。基地に帰り、いままでの経過を報告した。その後に、『このことは一切他言無用』と厳命された」

本人は、日本側があの後すぐに救助にあたっていたと信じて疑わなかった。だが、ずっと後になってそうでないことを知って心が痛み、証言する気になったと言う。証言は、事故から10年後、事故調査委員会の最終報告書で「すべて終わった」とされてから、さらに8年後のことである。

落合由美さんが暗闇で音を聞き、右手を伸ばして手を振ったヘリ。「ああ、帰って行く」と希望を絶望に変えたヘリ。それは米軍の救助ヘリだったのかもしれない。自衛隊が無理だと言った夜間の救助活動を米軍はやろうとしていた。その救助を断ったのは日本のだれなのか。現場の確認、救助の遅れを見えすいた「嘘」でごまかそうとしたのはなぜか。

疑問はまだある。13日午前1時。遺族を乗せたバス5台が、まだはっきりしていない墜落現場近くの長野県小梅町を目指して羽田を出た。途中で墜落現場と生存者4名の報も入るが、バスは進路を変えず、えらく遠回りをして翌日の14時過ぎに藤岡市に着く。着いたそこには70台もの霊柩車が並んでいた。今だったら高速道路を使って2時間ぐらいの距離である。携帯電話のないころだが、バスと日航本社との連絡手段は講じていたはずである。途中でなぜルート変更をしなかったのか。なぜ25時間もかかったのか。遺族を現場に近づけないためだったのか。

8月14日付でアメリカ・レーガン大統領から中曽根康弘総理宛のお見舞いの公式書簡には、「日航機墜落事件」とある。「事故」ではないのだ。日本政府と駐日大使とのＦＡＸ文書でも「事件」となっている。外務省はアメリカには最初から「事件」と報告し、日米双方にその共通認識があったのではないのか。中曽根康弘は回顧録で『防衛庁と米軍は連絡を取り合っているはずだから、私が合図するまで発表してはならないと指示した』と書いている。

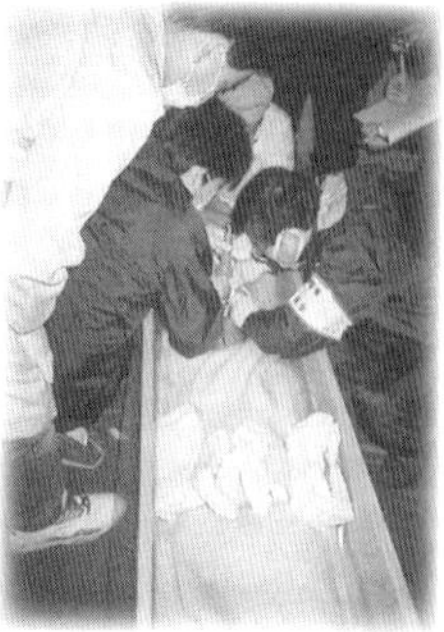

彼は自衛隊の最高司令官である。なぜ「事故」当初から米軍と「調整」が必要だったのか。その「調整」とは何だったのか。

１９７１年（昭和46年）７月30日に雫石町上空を飛行中の全日空の旅客機と航空自衛隊の戦闘機が衝突。乗客乗員１６2名全員が死亡した。この事故の責任をとって防衛庁長官が首になり、賠償問題では、民事訴訟を経て国は全日空に７・1億円、保険会社に15・2億円賠償する判決を受けている。この事故の25日前までの防衛庁長官が中曽根康弘氏で、今回の事故のときは内閣総理大臣である。彼は過去の苦い経験を思い出していたに違いない。だから、意図することがあって発表を止めたのだろうか。

日本で事故調査中にもかかわらず、アメリカの新聞が「ボーイング社が後部圧力隔壁の修理ミス」と報道した。何者かのリークだが、日本のマスコミはこれを大々的に報道し、これが「原因」だとする「流れ」がつくられていく。だが、その修理ミスをしたボーイング社に損害の請求をしているわけでもなく、逆に、その後、日本は大量の飛行機をボーイング社から買っている。この不自然さは何だ。

―事故調査委員会の「報告書」―

2年後、「事故調査委員会」の最終報告書が出された。報告書は、後部の圧力隔壁が過去の修理ミスと金属疲労によって強度が弱まり、機内の空圧に耐えきれず吹き飛んだ。その衝撃で垂直尾翼と油圧装置が破損し、機体のコントロールができなくなって墜落したと結論づけた。

しかし、この結論に矛盾が多いと疑義を唱えている専門家は多い。遺族やパイロットで組織する労働組合が再調査の要請をしたが国はまったく応じていない。この事故の刑事事件を担当した前橋検察庁の検事正が、「報告書を読んでも、事故原因の当事者がだれであるかが分からない。だから裁けない」として、ボーイング社や日航の関係者すべてを「不起訴」とした。

相模湾に沈んでいる垂直尾翼などが発見され、その引き揚げを要求した遺族に対して事故調査委員会はそれを拒み、迫られると苦し紛れに「引き揚げると事故原因が変わってくるかもしれない」と口走っている。

エンジンの推力を調整しながら横田基地に緊急着陸しようとしていたが、進路を変更、直後に大きな衝撃と横揺れがあって機体は急降下を始めた（前述・落合証言）。機は地上に迫る。機長らは懸命に機首を持ち上げようとするが、機体は右に回転しながら峰の木々をなぎ倒しひっくり返るように御巣鷹の山腹に激突した。30分も飛び続けていた機体に生じた衝撃と急降下の原因は何か。報告書はそれについてはなにも触れていない。

事故調査委員会は、この事故の原因は過去の「尻もち事故」によって破損した後部の圧力隔壁の修理ミスが原因であるという「ストーリー」以外は、まったく見えていないか、あえて見ようとしていないのかのどちらかである。

―ジグソーパズルの描き出す絵とは―

ジグソーパズルは、全部のピースが収って完全な絵になる。この事故に関する物証・証言はそのピースのようなもので、全てのピースがピタリと収って真の姿が見えるはずである。だが、この絵は収まらないピースが山ほどある穴だらけの絵に見える。

事故直前に、乗客が撮った写真に写るオレンジ色の飛行物体はなにか。自衛隊は墜落してから偵察機を発進させたといっているが、現場近くの住民や子どもたちが機を追う2機のジェット機を目撃している。目撃者が警察や新聞社に墜落現場を連絡しているが、なぜかそれを無視された。符合しない圧力隔壁の破損と機内の状況。横田基地は機に不時着の許可を出しその準備をしていたのに、公表されない機長と横田基地との交信記録。地元の猟師が、自衛隊を案内して現場に向かう途中で出会った山から降りてきた自衛隊員。夜間に暗視ゴーグルを付けて何かを探していた自衛隊らしき人たち。調査委員会メンバーが到着する前に圧力隔壁を切り刻んだのはなぜか。現場に入った消防団が嗅いだジェット燃料ではないタールが焼けたような匂い。ジェット燃料にはないベンゼンの検出。検視官が見た2度焼されたようなムラのある焼け方。遺体の歯しか残らないほどの異常な炭化。

捨てられたこれらのピースは、なにも検証されず、解明もされていない。新たな証拠・証言が数多く出ているにもかかわらず、国は再調査を拒み、遺族の要求する記録を開示しない。世界で起こる航空事故はその安全性を確保するために、ボイスレコーダーやフライトレコーダーはすべて公開するのが慣例である。だが、唯一、この事故だけが公開されていない。

捨てられたピースを拾い集めて一つ一つ検証している本が相当数出版されている。それらの何冊か読んだが、それらを読むと全く別な絵が見えてくる。

当日、相模湾で自衛隊と米軍との合同訓練が行われていた。模擬標的を艦対空のミサイルで打ち落とす訓練中だった。その模擬標的を誤って民間機に当ててしまった。国家の不祥事である。横田基地に不時着されても、生存者に証言されても困る。これは「事故」に見せかけるしかない。

と、だれかが決め、このシナリオに沿ってことのすべてが進んだ。F-4戦闘機に現場を確認させ、機体に残る「痕跡」を消し去るまで現場にはだれも近づけるな。アメリカに頼んで、ボーイング社の修理ミスだったことにする。事故調査委員会には、そういう報告書を作らせる。「シナリオ」がそうだとすると、パズルのピースがすべて収まり完全な絵となる。恐ろしいことだが、描き出されるその絵は520人の命より国の体面を優先させた「国家的犯罪事件」の様相を帯びてくる。

―妄想か陰謀論か―

さまざまな証拠・証言から導き出されるこの推論を「妄想」だとか「陰謀論」だという人もいる。もちろんこれは仮説である。だが、その人たちはこれらの事実と証言をどう説明するのだろうか。政府は「記録は破棄した」としているが保存されているとしても、特定機密保護法（平成25年12月13日）により開示されることはまずないだろう。

―遺体安置場となった体育館の始末―

群馬県藤岡市民体育館は、2ヵ月近くも遺体や遺品が置かれ、身元確認作業の行われた建物である。市は市民感情からしてそのままの使用は難しいとして建て替えることを決めた。市はその費用を日航に請求する意向を示し、日航はその費用を保険金として支払いができないか相談してきたようだ。私はその後に転勤になり、その結果は聞きそびれたが、たぶん、保険金として支払ったのではないか。

新・藤岡市民体育館は別の地に、「事故」からちょうど3年後に竣工した。旧体育館跡地は藤岡公民館となり、敷地内にはそのことを示す石碑が建てられている。

「日航機墜落事故遺難者遺体安置の場所」の碑

＊＊＊＊

35年前、仙台駅でこの事故を知ったとき「何かがおかしい」と感じた。

保険の事故調査でもこのようなことはたまにある。現場の状況にどこか腑に落ちないことや、関係者の言動に引っかかるものがあったりするのだ。それは「勘」みたいなものなのだが、それを突き止めようとさらに調査をしていくと、保険金詐取目的の偽装事故であったり、放火、自殺、事故を装った殺人事件だったりする。
調査段階でのこのような「勘」は得てして当るものである。

（2020・9）

【おもな参考資料】
『事故調査報告書』航空事故調査委員会（昭和62年6月19日公表）
『墜落の夏』吉岡忍著　新潮社
『524人の命乞い』小田周二著（長女と次男の遺族）
『日航123便墜落の新事実』青山透子著（元日本航空客室乗務員）河出書房新社
『日航123便墜落　圧力隔壁説をくつがえす』（同）河出書房新社

あとがき

私はとにかく原稿離れが悪い。自分にも「いい加減にしろ」と言いたいくらい「これで完成」とはならないのだ。

原稿は、締め切り前1、2週間前には送っているから遅れたことはないが、「これでよし」と送った後で、自分の思いがしっかり表現されていたか、はたして、それを読者が理解してくれるかと気なる。読み返してみると、ことば足らず、文章がギクシャクしている、言い回しが気にくわない、読点の打つ場所が違う、と直したいところがでてくる。

訂正して原稿を差し替えてもらう。その後も、同じようなことを繰りかえす。それが一度ぐらいならまだしも、二度三度になることもある。締め切りぎりぎりになって、ようやくあきらめる。

書いたものが活字になったとたんに独り歩きを始め、批評も評価もされる。それが怖くて手放せないというわけでもない。いつまでたっても満足しない性格なのである。自分でもやっかいな性分だと思っているが、編集者も「いい加減にして欲しい」と毎回嘆いているはずである。

文章作品に「完璧」なものはない。「完璧に近い」ものがあるだけだと思っている。直せば直すほど良くなるものでもないとも分かっている。今回、発刊に当って改めて読み返してみると、相変わらずあちこち気になるところがある。また、ああでもない、こうでもないと細かいところを手直しした。

「いいかげん」は「良い加減」の変化したものだから、少しはマシな文章になっていると思うことにしている。

出版にあたってお世話になった「盛岡出版コミュニティー」の栃内正行氏、表紙絵と扉絵を描いていただいた我妻薫氏にお礼を申しあげる。

２０２４・初春

野中康行

【初出一覧】

Ⅰ　自然と遊ぶ

黄金色（松園新聞「1000字の散歩№64」令和1年10月号）／風と遊ぶ ―凧―／風と遊ぶ ―風車―（岩手日報「ばん茶せん茶」令和2年2月24日）／その樹と語らう（文芸誌「天気図」第18号 令和2年3月）／福寿草 ― 進化の不思議 ―（松園新聞「1000字の散歩№69」令和2年4月号）／桜花（機関紙「春の風」令和2年4月号）／季節を知る花（機関紙「春の風」令和2年8月号）／星空（松園新聞「1000字の散歩№72」令和2年8月号）／垂氷と氷花（松園新聞「1000字の散歩№91」令和4年3月号）／夏の雲（機関紙「春の風」令和4年7月号）／消える国蝶・登るハイマツ（WEB新聞「そんぽの仲間」令和5年4月号）／耳をすませば（松園新聞「小言・たわ言・独り言№4」令和5年5月号）／竹の秋（松園新聞「1000字の散歩№95」令和5年7月号）／野菜はタネから（機関紙「春の風」令和5年7月号）／沸騰する地球（松園新聞「小言・たわ言・独り言№8」令和5年9月号）

Ⅱ　歌と旋律

春の海（松園新聞「1000字の散歩№66」令和2年1月号）／シャボン玉（WEB新聞「そんぽの仲間」令和5年5月号）／夏の雨（松園新聞「1000字の散歩№71」令和2年7月号）／りんご追分（文芸誌「天気図」第19号 令和3年3月）／それぞれの秋（機関紙「春の風」令和3年10月号）／花の

旋律（WEB新聞「そんぽの仲間」令和5年5月号）／長崎の鐘（WEB新聞「そんぽの仲間」令和5年8月号）／秋と冬のはざま（松園新聞「小言・たわ言・独り言No.10」令和5年11月号）／復活の兆し ― 浪曲 ―（松園新聞「1000字の散歩No.96」令和4年8月号）／読めても、詠めず（松園新聞「小言・たわ言・独り言No.7」令和5年8月号）

Ⅲ　争いの怨念

何しに来たの？（機関紙「春の風」令和4年4月号）／戦争と宗教（松園新聞「1000字の散歩No.92」令和4年4月号）／戦争倫理学「正戦論」（WEB新聞「そんぽの仲間」令和4年11月号）／戦いの怨念（松園新聞「小言・たわ言・独り言No.6」令和5年7月号）／戦争の終わらせ方（機関紙「春の風」令和5年4月号）／川柳の力（WEB新聞「そんぽの仲間」令和5年11月号）／五公五民（「民主盛岡文学」第69号 令和5年11月）／科学と信義（WEB新聞「そんぽの仲間」令和5年11月号）／大統領の陰謀（機関紙「春の風」令和5年11月号）／十戒（WEB新聞「そんぽの仲間」令和5年12月号）

Ⅳ　人間になる

「見えないもの」を見る（松園新聞「1000字の散歩No.65」令和1年12月号）／「生きてしまうこと（日本エッセイスト・クラブ会報　2020年冬号No.72-Ⅱ 令和2年11月）／あきらめが肝心（松園新聞「1000字の散歩No.68」令和2年3月号）／目は口ほどに（松園新聞「1000字の散歩No.

8」令和3年2月号）／旅する動物（松園新聞「1000字の散歩№81」令和3年5月号）／一寸引き―倉本聰が『北の国から』で考えたこと―（機関紙「春の風」令和3年11月号）／聞くはいっとき（松園新聞「1000字の散歩№87」令和3年11月号）／「生き方」と「死に方」（松園新聞「1000字の散歩№88」令和3年12月号）／だれでも考えること（機関紙「春の風」令和3年12月号）／「別れ」の方法（岩手日報『ばん茶せん茶』令和3年12月15日）／人間になる（松園新聞「1000字の散歩№97」令和4年9月号）／回顧の領域（WEB新聞「そんぽの仲間」令和5年2月号）

V 小言・たわ言・ひとり言

「荒川」の奇跡（機関紙「春の風」令和1年11月号）／1月17日の月（機関紙「春の風」令和3年1月号）／よい子・悪い子（機関紙「春の風」令和3年3月号）／この子・だれの子（機関紙「春の風」令和3年4月号）／鬼―日本人が創った不思議な生きもの―（松園新聞『1000字の散歩№80』令和3年4月号）／姓（苗字）とは何だ？（松園新聞「1000字の散歩№84」令和3年8月号）／消える姓（苗字）（松園新聞「1000字の散歩№85」令和3年9月号）／私の沖縄―思いやり―（機関紙「春の風」令和4年3月号）／私の沖縄―730大作戦―（WEB新聞「そんぽの仲間」令和5年7月号）／私の沖縄―46と47の間にあるもの―（文芸誌「天気図」第20号 令和4年3月）／殿のお国入り―八戸藩志和通り―（岩手日報「みちのく随想」令和4年4月2日）／銭形平次（WEB新聞「そんぽの仲間」令和4年6月号）／辞世の句（機関紙「春の風」令和4年9月号）／あなただけには……（松園新聞「小言・たわ言・独り言№2」令和5年3月号）／「書」と「署名」（松

園新聞「小言・たわ言・独り言No.3」令和5年4月号）／「的」と「感」（機関紙「春の風」令和5年6月号）／味覚（WEB新聞「そんぽの仲間」令和6年1月号）

Ⅵ 悩むな、考えろ

常識を超える（松園新聞「1000字の散歩No.64」令和1年11月号）／「呪い」の時代（機関紙「春の風」令和3年6月号）／植物の生き方（松園新聞「1000字の散歩No.86」令和3年10月号）／本との出会い（松園新聞「1000字の散歩No.94」令和4年6月号）／悩むな、考えろ（WEB新聞「そんぽの仲間」令和4年12月号）／「時」を積む（文芸誌「天気図」第21号 令和5年2月）／遺影（岩手日報『みちのく随想』令和5年5月6日）／年の始まり（松園新聞「小言・たわ言・独り言」No.12 令和6年1月号）／解けない「疑問」―「日本航空ジャンボ機123便」の悲劇―（松園新聞「1000字の散歩No.73～77」令和2年9月号～令和3年1月号）

著者　**野中康行**（のなか　やすゆき）

【略歴】

昭和18（1943）年　岩手県紫波郡紫波町生まれ
平成14（2002）年　第55回岩手芸術祭県民文芸作品集　随筆部門
芸術祭賞受賞
平成20（2008）年　第３回啄木・賢治のふるさと岩手日報随筆賞
最優秀賞受賞
平成29（2017）年　2016年度 岩手県芸術選奨受賞

【現】

日本エッセイスト・クラブ会員
岩手芸術祭実行委員「県民文芸作品集」随筆部門選者
花巻市民芸術祭文芸大会 随筆部門選者
NPO法人 野村胡堂・あらえびす記念館協力会理事
文芸誌『天気図』同人

【著書】

2006年『記憶の引きだし』　2012年『リッチモンドの風』
2016年『記憶の片すみ』　2019年『深層の記憶』

表紙・扉絵　**我妻　薫**（あがつま　かおる）

昭和62（1987）年　岩手県生まれ（盛岡市在住）
平成17（2005）年　オーストラリアに渡る
平成20（2008）年　Martin College Diploma of Graphic Design卒

第65回岩手芸術祭詩部門 文芸祭賞受賞 宮静枝新人賞

令和元（2019）年　中野区～尾道市での活動を経て
グラフィックデザイナーに

忘《わす》れざる日々《ひび》

2024年4月1日　第1刷発行

著　　者　野中康行
発 行 所　盛岡出版コミュニティー
MPC Morioka Publication Community
〒020-0574
岩手県岩手郡雫石町鶯宿9-2-32
TEL&FAX　019-601-2212
https://moriokabunko.jp
印刷製本　杜陵高速印刷株式会社

ISBN978-4-904870-57-0 C0095